飛鳥クリニックは今日も雨 上

Z李

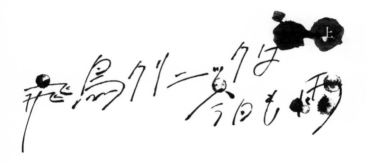

この物語はフィクションです。
登場人物、団体等はすべて架空のものです。

慌てる乞食はもらいが少ないとはよく言ったもんで、序盤からポンだのチーだのしたせいで、どれを切っても当たられちまいそうな牌勢《ハイセイ》だ。

それにしても、雨の日の麻雀は牌《パイ》の手触りが悪い。空調はしっかり動いているはずなのに、どうにもじめじめする。

ベタつく牌を見ながら、俺はなにを切るか考えていた。

「リーくん、早く切ってよ」

そう急かしてくるのは、対面《といめん》で立置《リーチ》かけてる事件屋の純《じゅん》ちゃん。しょうもない顎ばっかり回しているから、この街では「顎回しの純」なんて呼ばれている。黒く焼き上げた肌に高そうなゴールドのネックレスはいかにもな雰囲気だが、どこか人懐っこいところがあって憎めないのが純ちゃんの持ち味だ。

タバコを吸うペースがやけに早く聴牌《テンパイ》丸出しの下家《シモチャ》のオッサンは、デートクラブのフランチャイズで一発当てたマサキさん。俺にとってこいつは大事なカモだし、正直、麻雀の腕はそこらの学生よりもひどい。

待ちは萬子《マンズ》の上でほぼ間違いない。まず振り込むことはないだろう。上家《カミチャ》の客引きはベタ降りだから問題ないとして、さてこの局面をどうやって凌ぐか――。

「当たりにいってやるから待っとけって」

2人の間を取ってここは六索《ローソウ》でいいか。ドラだが切る根拠が一番あるのがこいつだから、これで当たられるなら仕方ない。

そんなことを考えながら六索に手をかけた時、事務所のドアが突然勢いよく開いた。

「やっぱり純さんここにいたんだ！　ちょっと私の話、聞いてください！」

純ちゃんが指名している、区役所通り沿いにあるキャバクラの女だった。

ＳＮＳかアドトラックかなんかで見かけたことのある顔。深夜のドン・キホーテで嗅ぐような甘ったるい香水の匂いがたちまち室内に充満するもんだから、どうにも調子が狂う。

「ああもう、デコかと思ってやっちゃったよ」

純ちゃんはテンパって牌を倒してしまっていた。単騎《たんき》で六索待ちだったから、これには助かった。安いレートでも勝負事は負けたくないものだしな。

せめて電話くらい鳴らしてから来てくれよ――俺は言おうとしたが、すぐに諦めた。南場《ナンバ》に入ったあたりから純ちゃんのケータイはポン中からの着信がひっきりなしにかかってきて、サイレントモードに切り替えろと怒鳴ったのを思い出したからだ。

しかし真夜中の飛び込みの訪問で俺がいい思いをしたことなんて、ただの一度でもあっただろうか。ヨレておかしくなっているようなのが街を徘徊しがちなこの時間帯に俺たちみたいなのに相談ってなると、ロクでもない内容が必然的に多くなってくる。


別にでかでかと看板を掲げているわけでもないが、この街で探偵業の真似事を始めてずいぶんになる。

ウチの場合、紹介でしか依頼人は来ない。だいたいこんな煙たい雑居ビルに相談に来るような客は脛《すね》に傷のあるやつばかり。業務内容も非弁行為すれすれのネゴシエーションから、あと一歩踏み込んだら違法な素行調査が主。大手を振って宣伝するようなものではないから仕方ない。

「で、どうした？　悪い男にでも引っかかったのかよ？」

女に聞くと、内容は案の定、筋の悪い金絡みのトラブルだった。よくあるポンジスキームってやつで、人様から集めたゼニをぶっこんだら自転車がパンクしたってだけの、ありふれた話だ。

こういうのに引っかかるやつって、みんな同じことを言うんだよな。すごい時計をしてすごい車に乗っていたとか、キャバクラでえらいゼニ使ってる有名人だとか。あとは何回か本当に配当が来たからとか、そんな感じ。

「そんなの明日でもいいだろうが」

マサキさんが面白くなさそうに牌を崩した。これでもうこの局はノーカンだな。


よく見ると美人なこの女は、愛梨《あいり》という源氏名の売れっ子キャスト。下心もあって純ちゃんが相談に乗っていたらしい。

金を預けたまま飛ばれたのは、商社で金《ゴールド》の先物トレードをしていたという触れ込みの櫻田という男で、複数の人間から10億円単位の金を集めているって話だった。

愛梨には最初は客として接触してきたらしく、あまりにも羽振りがいいものだから、「なんでそんなに金を持っているのか？」と愛梨が聞いたのがそもそもの発端。

そこから、

「お金を増やしたいなら、愛梨ちゃんも自分に投資してみないか」

という流れになり、

「F店のHちゃんやD店のKちゃんからもお金を預かっている」

なんてふうに、愛梨が尊敬している歌舞伎町の有名嬢の名前を出したのも、当然ながら櫻田の策略だった。


詐欺師が時計や車、タワマンなんかで箔をつけるあのノリで有名キャバ嬢との親密な関係を匂わせ、これから金を引くカモにすごい人だと錯覚させる手口はずいぶん流行っている。営業彼氏、とでも言うのかな。中には〝付き合ってること〟にして、SNSで詐欺師との2ショットをキャバ嬢のほうから流させるなんてパターンさえある。むろん、営業彼氏とやらはその対価として高額なシャンパンを並べることになるんだけど、それを補って余りあるほどリターンがあるんだろうな。


愛梨が預けた金額は800万になっていた。配当で1割を一度だけもらっているから、それを差し引いても700万と少し。

愛梨のバカなところは、そのたった一度の配当をもらって信じ込んでしまい、多くの友人を櫻田に紹介してしまったことだった。このへんがポンジスキームの厄介なところなんだよな。

「こんなすごいコネクションを持てた私はなんて幸運なんだろう。お世話になってるみんなにも教えてあげなきゃ」

配当をもらった直後の愛梨の頭の中といえば、こんな感じだろう。たった一度、しかも自分が出した金の一部を戻されただけで舞い上がっちまって、自らポンジの営業マンになっちまうんだから始末が悪い。


こんな心理状態はプロの詐欺師はとっくにお見通しなわけで、「恩返ししたい人がいたら特別に連れて来てもいい」だの、「配当の一部は愛梨ちゃんにつけてもいい」だのと、あの手この手の甘言を弄して営業マンをその気にさせるってわけ。


事実、愛梨の友人がさらに紹介した枝までいれると、被害額は億を超えていた。櫻田からすれば、たった80万そこいらの出費で億からの金を集めることができてしまったわけ。それも口先ひとつで。

一方の愛梨は自分の金はもちろんのこと、親友やら太客やらの金まで差し出してしまった挙げ句、それが期日までに返ってこないとあって、針の筵《むしろ》に座らされている状態ってやつ。血相を変えて純ちゃんを頼りに来たのもわからなくはない。

「でも、どうしてここがわかったんだ？　純ちゃんに聞いてたのか？」

気になった俺がそう聞くと、不服だったのか愛梨は頬を膨らませながらこう答えた。

「えっ、この探偵事務所、純さんがオーナーだって……。困ったらここに来いって言われてたから……」

キャバ嬢に良い格好をしたくて純ちゃんはまたフカシを入れていたのか。いつものことなんだけど、予想通りすぎて呆れてしまった。

「俺に任せれば大丈夫だって。イージーイージー」

純ちゃんは愛梨にこれくらいのことを言っていたらしい。

「違うよ、シノギになるかもと思って風呂敷広げといただけだからな？　わかるだろリーくん」

純ちゃんはそう耳打ちしてきたが、実際のところはわからない。

とりあえずは安請け合いに巻き込まれる格好で愛梨の話に耳を傾けていると、話が見えてきた。

ポンジに気づいた愛梨が櫻田を喫茶店で問い詰めていたら、続々と他の債権者が駆けつけてきたらしい。すると押しかけた男たちは櫻田にヘッドロックをしたまま、別の店に連れ去ってしまった。せっかく見つけた獲物を横取りされてしまった愛梨は、このままでは自分が返してもらえる金がなくなってしまうと、慌てて自称・探偵事務所オーナーの純ちゃんを頼って駆け込んできたというわけだ。

「そこ、不良っぽいのいたか?」

純ちゃんがそう発した。七三分けの本物もいる時代だから、この質問の回答がどうあれ、なんの根拠にもならない。

とはいえ愛梨の話では、櫻田のガラを持っていったのは人数が多いだけでそうタチは悪くなさそうだったから、様子を見に行ってみるかって話になったんだ。

＊

5月某日、歌舞伎町が朝日を迎えるほんの2時間前くらいの出来事だ。

外からはベランダのボロい室外機を叩く雨の音がぼんやり聞こえていた。

巷では見かけることも少なくなった事務所のＣＤラジカセからはThe Fugeesの「Ready or Not」が流れていた。

繁盛しているとはおよそ言い難い私立探偵事務所だけど、バイトを雇っていた時期もある。２年くらい前、収集癖がひどかった細田ってやつがごみ置き場から拾ってきた東芝のボロいラジカセが妙に気に入って、それ以来置いている。今じゃ埃《ほこり》をかぶったFugeesのアルバム「The Score」も、この時に拾ってきたものだ。

「here I come, you can't hide」

ローリン・ヒルがこう歌っているところで俺は音を止めた。キリトリするにはゲンのいい歌詞だ。そんな気分でもあったから、よく覚えている。

「よし、車回して来いよ。櫻田のガラ押さえに行くぞ」

襲撃に出るメンツは、俺と事務所のスタッフ２人、こういうのは絶対ついてくる純ちゃんになぜかマサキさん。上家の客引きは舌打ちをして帰った。

櫻田が連れ去られた場所は愛梨が抜け目なく把握していた。現場の場所を聞いて驚いたんだが、普通の中華料理屋なんだよな。

そのうえ職安通り沿いと来たもんだ。本気で詰めにいくならこんな店は絶対に使わない。通報リスクがあるし人目につく。そんな店で掛け合いするのがプロのわけがない。

「これあれだな？　囲んでるのって素人じゃないか？」

純ちゃんも同意見だったが、お前はなんの玄人だと言うのか。つい口から出かかったが、士気を削ぐのもなんだしやめておいた。

予想はドンピシャだった。現場に急行したら、まばらではあるが一般のお客さんもいる店内で男たちが櫻田を囲んで押し問答をしていやがる。トラブル慣れしていない様を見て、これはもう大丈夫だと確信した。こいつらは間違いなく、なにもできない。

「あんちゃんたちさ、悪いけどこいつ一瞬だけ俺たちに貸してくれないか？　用が済んだら返すからよ」

櫻田の横に座るリーダー風のＧＵＣＣＩのジャージくんに言ったら、すんなりと身柄をくれた。

むろん、演出は欠かさなかった。マサキさんは絶妙に和彫りが見える角度で尖った雰囲気を醸し出しているし、純ちゃんに至っては小芝居を始める始末。

「ご苦労さまです、会長。ちょっと今手が離せないんで、私のほうから折り返させてもらいます」

どこぞの親分から電話が来た風だが、100％エア電話だろう。


聞けば櫻田を囲んでいた男たちは大学生や会社員からなる即席の連合体で、知恵も回らず暴力的な後ろ盾がいるわけでもなかった。

誰だって面倒事に首を突っ込みたくはない。それは俺たちだって同じだけれど、この街で生き抜くには勝ち目のない相手にはさっと引くことも大切なスキルなんだ。

デカい看板があるわけでもないのに、誰にでも食ってかかっていくようなやつの生存確率は著しく低い。本当に引けない場面以外では見極めも重要になる。

「櫻田くん、って言ったか。僕たちと落ち着いて話でもしようじゃないの」

ポンジ野郎の肩に手を回した純ちゃんが席を立つように促す。俺たちは4軒隣の地下のカラオケ店・Mの個室に移動した。


このカラオケ店の気味が悪いのは、個室の張り紙に「店内での花火は禁止です」

って書いてあるところなんだ。

店主である韓国人のおばちゃんも、それが花火ではないことを知っているはずだけど、まあそう書いてあるわけ。音が鳴っちまったってことをこういう洒落にできるのは、この街の好きなところでもある。

実際こんな店に連れ込まれたら嫌だろう。見回りが絶対に来ない地下の個室。言葉の通じない店員さん。どうにかしてトイレに逃げたって、ケータイの電波は圏外と来たもんだ。


さて、櫻田。こいつにはいくら残っているのか。

ポンジ野郎の末期は驚くほど寂しいもので、何億集めていても最後には数万円しかないなんてのはよくある話。ポンジをそれっぽく見せるために、出資者の一部には配当を付けたりとゼニの出入りが激しいからな。

櫻田もそうだった。ざっと調べた感じ、全然現金がない。

「お前よう、なんでそれしかないんだ！　愛梨の金はどこに行ったんだよぉっ！」

純ちゃんは唸り飛ばしてたけど、櫻田は青い顔して下を向くだけ。

ただ、こういうやつって派手に遊んでいた時のお釣りがどこかにあるものでさ。それを見極めるにはスマホ取り上げてＬＩＮＥやらＳＭＳやらを隈なく見るしかないわけよ。


しかし、ネットバンクにログインさせても、仮想通貨を持っていないか調べるためにいろんな取引所にログインさせても、まったく資産がない。メールをチェックすれば督促の嵐だし、金の先物取引に使う証券口座にも50万しか入っていない。

「前に私に見せてくれた口座には何億も入っていたじゃない！」

愛梨はそう言っていたが、櫻田の画像ファイルには残高を偽装した口座のスクショがいくつもあったから、どうせそれを見せられたのだろう。写真で口座残高を見せるようなやつは詐欺師と思っていい。最近は偽の銀行サイトを作ってログインするところから見せる手口さえある。ＦＸの凄腕トレーダーを自称するある詐欺師は、客の前でチャートを開いてトレードをし、あっという間に数百万を稼いでみせたがなんのことはない。客は事前に録られた動画を見せられていただけだった。

もうこれは厳しいかな――落胆しかけた時に、ＬＩＮＥ解析担当のごとく櫻田のスマホを見ていた純ちゃんが大声を上げた。

「あ！　あった！　お前キャバクラに積立してるだろ！」

櫻田がこの街の有名キャバ嬢に、バースデー積立金なる名目でゼニをデポジットしている痕跡を見つけ出したらしい。

「そんなことしてないですよ！　それ、キャバ嬢にリップサービスで言っていただけで……」

「いいや、してるね。じゃあなんだよこのＬＩＮＥは。なあ？」

セルフブランディングのために、有名嬢の太客になることで金回りの信用をつけたかったのだろう。キャバ嬢を引っかけるためによく名前を使っていたＦ店のＨ、それとＤ店のＫに多くの積立をしていた証拠が出てきた。その女どもの誕生日なんか何か月も先なのにたいしたもんだよな。

文面を見るに櫻田は、人様からかき集めたゼニでスケベなことをしまくっていた。これだけ使えば超がつくほどの売れっ子キャバ嬢でも簡単に抱けるものなのか。ＬＩＮＥを見ていくと、金を使った嬢とはたいていセックスをしていた。

「この野郎！　Ｈちゃんともヤッてるじゃねえか、お前！」

指名が被った純ちゃんは嫉妬心からか櫻田をグーでビンタしている。長髪の櫻田の顔は痛みと恐怖で歪み、前髪がぐしゃぐしゃになっていた。俺も数秒だけ櫻田に電気を当てた。

「それやめてくださいっ！　全部正直に話すので……あああっ」

歌舞伎町には武器屋がいくつかある。もちろん防犯グッズ専門店という名目だが、お気に入りのタイタン社のスタンガンを当ててみたんだ。櫻田は素直になった。

さて、本番はこれからだ。櫻田の埋蔵金をサルベージできる可能性はグッと高くなり、俺たちのボルテージは上がる一方だった。

「here I come, you can't hide」

出掛けに事務所で流れていたローリン・ヒルの歌声が頭の中で鮮明に蘇った。

＊

いつだかに債務者から取り上げたデイトナの針は4時23分を指していた。好きな時間を少し過ぎた頃合いだからよく覚えている。

職安通りのドン・キホーテの反対車線を少しガードのほうに歩くとたどり着くカラオケMは、俺やここらへんの不良には馴染みの深い仕事場だ。ガラを押さえた詐欺師が泣こうが喚《わめ》こうが、あるいは殺気立った俺たちがそいつをぶっ飛ばして大きな音が出ようが、店側は滅多なことでは介入してこない。

お気に入りのキャバ嬢を先に抱かれていた嫉妬心から、櫻田に鉄拳制裁をくだした純ちゃん。挨拶代わりに涼しい顔でスタンガンを1発当てた俺。2人のコンビネーションは櫻田の口を開かせるには十分だった。

「なんでもしますから、暴力はやめてください。みなさんにだけは本当に、本当のことをお話ししますので勘弁してください……」

もう一息だな。面白くなった俺はバチバチッとスタンガンを鳴らす。火花がしっかり見えるように、櫻田の目の前で何度も何度もスイッチを押す。

しかしもう当てない。すれすれでも当てないんだ。こいつは当てすぎても慣れてしまう。痛いけど死ぬことはない——こんな風に開き直られても困るからな。

「それだけは本当にやめてください、ね、話しますから。気絶しちゃいますよ。そうしたら話せないでしょ？　スタンガン、しまってくださいよ……」

懇願する櫻田は、すっかりおしゃべりマシーンと化した。この程度のカマシで済むなら安いもんだ。

もういいだろうと思った俺は純ちゃんとマサキさんに目配せした。

「愛梨と周りの分だけでもなんとか金策してみろよ。そうしたらもうお前には触らねえから。キャバクラにデポジットしている金、あるだろ？　まずはあれだ。今から引き上げに行くぞ。手間かけやがってムカつくなぁ、お前」

吐き捨てるように純ちゃんは言ったが、付き合いの長い俺は目の奥に隠した歓喜を見逃さない。

一度おしゃべりマシーンにしてしまえば、今ある分を回収するのはそう難しいことではない。俺たちにＬＩＮＥやＳＭＳをすべて見られているから嘘をつき通すこともできないし、やけっぱちになってなんでも教える公算が大きい。

「積立はもうないんです」

最初こそすっとぼけていた櫻田も店からそれを回収するのに協力的になり、各方面に電話をかけ始めた。

判明したのは、F店に1000万とD店に600万のデポジットだった。現金を隠す意味で散らしていたのかと勘繰ったが、単純に流れで預けたのだという。もう自転車操業の額が大きくなりすぎて、櫻田はなんの気なしにデポジットしていたらしい。雑にもほどがある。

幸い店の責任者は2店舗とも純ちゃんがよく知る人物だった。櫻田本人が来店したら返金するとのことで、4人で櫻田を囲みながら車で集金に回った。朝方にもかかわらず1600万円もの大金をサルベージできたのは運がよかったし、純ちゃんの顔もあった。

普段はキャバクラで散財する浪費家の相棒を疎ましく見ていたが、飲み散らかすのが役に立つこともあるってのがこの街の不思議なところでもある。

「ちょっと入用になったから、一瞬戻させてもらうね。倍返しにするから安心して」

「バカラで負けこんじゃってさー。一瞬お店にいれたお金使わせてもらうね。大丈夫、勝っても負けてもHちゃんのバースデーはちゃんとするからね♡」

一旦預けた金を引き上げるわけだから、キャバ嬢たちにはLINEでこう説明しておいた。文面を打ったのは櫻田本人ではなく、もちろん俺。

てめえの金を他所には逃がすまいと勘繰る女には、ハートの絵文字でも送っておけばいい。そんな安直な考えで櫻田っぽいテキストを送っておいた。

「なあ、お前あそこの○○ちゃんは、まさかヤッてねえだろうな？」

「あそこの○○ちゃんはどうなんだよてめえ」

櫻田がどこの誰をこましたか純ちゃんは気が気でない様子。車が信号で止まるそのたびに、しつこく問い詰めている。

愛梨が事務所に飛び込んできてから3時間が経った頃合いか。この時点で愛梨が投げた以上の金の回収に成功した俺たちではあったが、話はそう簡単ではなかった。問題は愛梨の〝枝〟だ。欲に目がくらんだこの女は周りにも櫻田を紹介し、何人も送客していた。

「私の紹介した人の分も返してもらわないと、責任が私に来ちゃう。ねえ、純さん、どうしよう……」

途方に暮れてみせる愛梨。だが、この女も結構曲者なわけよ。

気になる点がいくつもあったから、俺は遠慮なく突っ込んだ。

「櫻田とのやり取りを見てると、お姉ちゃんもこいつから紹介料をもらってみたり、傍から見たらグルみてえなもんだよな。その理屈わかる?」

「それは……私は櫻田さんを信じていたから……いい話だと思って友達に教えただけで」

「本当か? 薄々は自転車操業だって気づいていたんじゃないか? 先週も新規のカモを紹介しているようだけど、なんでだよ?」

「新しい投資家を紹介すれば、私の分はすぐに返せるってあいつに言われて。それで仕方なく……」

押し問答をしていると愛梨はしくしくと泣き始めた。狙って涙を見せているようにも見えたが。だとしたらたいした役者だよな。

妙に色気がある表情をするもんだから、こっちが悪いことをしているような気にもなってくる。俺からすれば当たり前のことを言っていただけなのに男ってのは損な性分だよ。一方で、この状況に妙な恍惚感を感じてしまっている自分もいるから厄介だ。

「愛梨ちゃん、泣くなって。悪いのは櫻田なんだからさ。ほらリーくんも、あんまいじめるなよ」

下心の塊と化した純ちゃんは声を震わす愛梨の背中をさすってやがる。目だけは真剣な風を装っているけど、鼻の穴はぷくりと膨らんでいて、なんとも不気味だ。


さて、マサキさんの計算によると、依頼が受けられた分だけで残金は８２００万。これは普通に考えたらもう取り戻すのはなかなか難しいという金額。

こうなってくると、新たに仕事させるしかなくなるんだよ。鵜飼《うか》いの鵜みたいに首に縄をつけて、再度金集めをさせるしかないんだ。


悪意のジョーカーをテーブル向かいの見ず知らずの誰かにそっと引かせたら、その場を静かに立ち去る。そして自分はもう厄ネタに触らないように、同じカードでは二度とトランプ遊びはしない。それがこの街のそこら中で行われている詐欺師のババ抜きだ。

「なあ櫻田。お前、まだ金引っ張れるところあるのか？　大口の債権者のリスト、これに書いてみろよ」

テーブルに置いてあったチラシを裏返して、俺は櫻田に返済見込みを考えさせることにした。

投げつけたボールペンがワンバウンドしてテーブルの下に転がる。それを拾う櫻田のケツを純ちゃんが思い切り蹴り飛ばした。

＊

「実は金策できる心当たりがいくつかあります。こんな時間ですが、もしかしたら出るかもしれません。連絡してみましょうか？」

キャバクラに預けていたデポジットを回収した俺たちが、なおも残金８２００万円を吐き出させるべく圧をかけると、櫻田はこう言った。

これ、追い詰められた詐欺師が土壇場で口にする台詞ナンバーワンなんだよな。こういって電話をさせたが最後、ケツモチの不良に連絡されるのはよくある話。あるいは別の債権者に連絡して現場に来させ、俺たちにぶつけるパターンだって考えられる。この状況下で誰に連絡させるかはシビアに見極めなければならない。

「長いお客さんでトータルプラスの人もいます。しっかり引っ張って愛梨さんの周りだけでも今日中に返済するので、僕に電話させてください」

櫻田はメモ用紙に自分がカモにしてる太客の名前を書いて寄越した。


嘘だろ。それを見た俺たちの率直な感想だった。

「リーくん、これってあの人だよなあ？」

「櫻田、この人って地元○○の人じゃないか？」

マサキさんも純ちゃんもさすがに気づいたか。櫻田が汚い字で書いて寄越したリストには、いわくつきの名前が並んでいた。まるで俺たちを試すかのように。

某広域組織のびっくりするくらいの親分から8000万。某中国系組織からも3000万。他にも同和団体幹部から1000万も引っ張ってるじゃないか。

「お前なに考えてるんだ？　詐欺師ってのは踏み倒せる弱い相手探して金引っ張ってなんぼだろうが。なんだよこれ」

これは非常に寒い。このままこいつの身柄なんか握っていたら大きなトラブルになりそうだし、あるだけ回収して放り出しちまったほうがいいな。

純ちゃんなんかはさっきまで優しくしていた愛梨に「もう満額は諦めろ、愛梨ちゃんも泣くとこは泣こう」なんて撤収モードで説得をしている。

どこまで行っても路地裏のドブネズミが群れを成しているだけの俺たちが大きな組織とぶつかった時に勝てる可能性は限りなく少ない。甘い汁をすするだけでなく、幾度となく酸っぱい思いも味わってきたからよくわかっている。

夜はすっかり明け、時計の針は9時を指していた。

「どうするリーくん？　引っ張れる自信はあるみたいだけど……」

「けど不良の金ってわかってポケットにしまいこんでも、あとから寒いだろう。脂っこそうなのはやめて、知らない名前のほうから当たるか？」

「これとかどう？　俺聞いたことあるよ、これマルチ商法のやつだろ、なあ櫻田？」

純ちゃんが目をつけたのはライフなんちゃらという名のマルチ商法グループだった。そこのボス格である松川兄弟ってのがいて、櫻田は2000万預かっているがすでに4000万も払い戻しているという話だった。

これは明らかになにかあるな。櫻田の襟を掴んだ俺は畳み掛けた。

「お前、そこら中飛ばしてるくせに、どうしてこいつだけ儲けさせるんだよ？　偉い親分のゼニだって遅延してるのに、よくマルチ屋なんかにしっかり金回すよな」

すると櫻田は困ったような顔でぼそぼそとつぶやいた。

「だってその人怖いんです。静岡でも有名な半グレみたいで家にもすぐ来るんです……」

このくだりを聞いて純ちゃんが色めきたった。松川の地元に詳しそうな仲間に次々と連絡しては、その力量を測る材料を必死に集めている。こういう時の純ちゃんのスマホさばきといったら、見事という他はない。両手の指を器用に使って電話、LINEにテレグラムと頭の中のデータベースに照会しながら、静岡方面の不良たちに連絡を入れている。

結論。松川なんて誰も知らない。粋がってるだけのマルチ野郎なら、確かに話は早いかもしれない。

「こいつさあ、もう元本2倍くらいになってるんだろ？　めんどくせえから、それ寄越せって言ったほうが早くない？　なんか材料ねえのかよ」

純ちゃんが櫻田を問い詰めている間に、俺は再度ＬＩＮＥのやり取りを見直していた。するとひとつの穴を見つけた。

「これなんだ？　お前ら弁護士巻き込んで金集めのエビデンス偽造してたのか？」

松川は自己資金を入れていたわけではなく、人を櫻田につないでその金をピンハネするようなことをしていた。借用書を巻くのは櫻田、つないだ自分は金が出た瞬間に手数料を取って、あとでトラブッても知らん顔という寸法だ。

櫻田は紹介された客をクロージングしやすいように銀行の残高証明書や証券口座の取引履歴なんかを偽造していたんだけど、その指示をしていたのも松川だった。要するにポンジの共犯みたいなもん。松川は全部わかったうえで櫻田にカモとなる投資家を送客してたってわけ。運用なんてしない、できないポンコツ野郎の櫻田を、もったいつけてゼニ出しそうな連中と引き合わせていたわけだ。

驚いたのは、そのやり取りをしているグループＬＩＮＥに元弁護士までいたってこと。どんな弁護士だったんだろうと検索してみると、ヤクザのお抱えみたいな弁護士だった。それも、700万の着服で業務停止2か月を食らった直後に今度は1億5000万の着服がめくれて除名になっている筋金入りの泥棒だ。1年中ケツに火がついてそうな野郎の動きだなと思って、笑っちまったよ。

騒ぎになったら相当まずい。松川だってそれくらいは認識しているはずだ。急所を見つけた俺はすぐさま櫻田に電話をかけさせた。挨拶もそこそこに、櫻田から電話を取り上げる。

「松川さん？　櫻田被害者の会代表のもんだけどよ。このガキの身柄取っておたくとのやり取り全部見たんだわ。お前、ずいぶんなことしてくれるじゃねえか」

面食らった様子が電話越しでもわかる。そこからは俺と純ちゃんで電話を回しながら唸り続けた。

「よう、お前が仲介した投資家さんたちってのは、この残高証明がフォトショップで作られたもんってこと知ってるのか？　全部スクショ撮ったんだけど、1件1件回っていくかよ、松川クンよお」

「お前、静岡で有名な半グレらしいじゃん。組関係にさんざん照会かけたけど誰も知らねえぞ、お前のこと。なんでだ？　まさか騙《かた》り入れてんじゃねえだろうなあ、オイッ！」

「櫻田は俺たちに返すはずのゼニ、お前に吸われて払えないって言うんだわ。どうすんだ小僧、デコにでも走るか？　不良でも呼ぶか？　あんま時間とらせんなよ、ガキが」

櫻田にとっては怖い半グレに映った松川だがそこまで弁が立つわけでもなく、何より不法行為の証拠を握られているかもしれないという恐怖から防戦一方。蚊の鳴くような声で泣きを入れてきた。純ちゃんなんか、数分の間に「殺すぞ」って20回くらいは吠えてたんじゃないかな。

結果、すんなり取れたんだよ、これが。元本を抜いた分の2000万を振り込んだら、金輪際連絡はしないってところで落ち着いた。向こうからすれば絶対に警察沙汰は嫌だったのだろう。

振り込みが済んだという一報を受けるまで、俺たちはなんだかんだ昼過ぎまで例のカラオケ屋にいた。櫻田を厳重ガードしながら銀行窓口で金を下ろさせてようやく撤収となったんだ。

「今日はある程度形作ったから帰るけどよ、櫻田。てめえ全部返すまでつきまとうからな」

そんな捨て台詞を吐いて長い一日は終わった。

櫻田とはまたすぐに会うことになるのだが、ヤマとヤマっていうのは別々のタイミングで来てくれないんだよな。

この俺が相対性理論でもないが、ローレンツ収縮によって時間の相対性は時に不思議な現象を生み出す。この街の住人が生き急げば生き急ぐほど、俺たちを取り巻くトラブルの質量は大きくなっていく。

矢継ぎ早に起こる様々なそれは、櫻田との再会を前にしてすぐに俺たちの前に現れた。あいつがこの街に帰ってきたんだ。

飛鳥クリニックは今日も雨

9、9、9。あいつに勝つにはここで決めるしかない。

すべては向かいのババアがいけねえんだ。エステという名の抜きあり無許可風俗をやってるババア。ヒアルロン酸にリフトアップの金の糸だかをぶちこんで若作りをしているが、とうに還暦を過ぎているはずだ。

このババアは俺と同じ方向に俺より少しだけコマを多く置いて、トランプを触ろうとしてきやがる。それもえらい時間かけて絞るもんだから、頭に血が上って仕方ない。

これ以上ババアに触らせたくなくなった俺は、マックスベットすることにした。するとババアは自分でカードをめくれないもんだから、俺の追っかけをやめてプレイヤーに2万だけ。俺はテーブルの上限いっぱい、バンカーに50万分のチップを置いていた。

景気づけに1杯引っかけてから賭場なんかに来ちまった俺も悪いのだろうが、ニヤニヤして俺を見てきやがって。

バンカーのフェイスは絶望のピクチャーカード、キングのオッサンまで俺を笑っていやがる。

角から絞る、足はある。横から絞る、ハートが４つ。

これで丁半博打だな。大丈夫、俺なら引ける。そう自分を奮い立たせながら深呼吸をしていると、

「オニイサン、はやくしてヨ」

だとよ。お前にその台詞を言われるとはな。

カードの真ん中に刻み付けられた、メイクナインを表す一点のハート。そいつをババアに叩きつけてやろうと思って一気にめくった俺の目に飛び込んできたのは10個のハートだった。

「プレイヤーウィン」

ディーラーは静かにそう告げると、何事もなかったようにカードを回収していく。

「よお、シラけたから帰るよ。明日来るから端数預かっといてくれ」

ああ、しょうもないゼニを使っちまった。財布が軽くなってからじゃないと後悔ってやつはできないものだよな。来る時は夢いっぱいの気分で悠々と乗り込んだはずのLビルのエレベーターに、帰りはシケたツラで乗り込んだ俺。通りに出るとサビでもらったタバコに火を点《つ》けた。

「あ、リーくん、おつかれっす」

博打屋専門の引き屋グループを束ねる佐野だった。花道通りを根城《ねじろ》に素人に声を掛け、バカラ屋、スロット屋に引き込むシノギを組織的にしているやつ。ぽっと出なんだけどケツが強いんだ。

「なんだよ？　まさか俺がすべった話でも聞きつけて来たのか？」

「へへっ、それは知らなかったですけど、そんなリーさんに朗報！　新店できたの知ってます？」

どうやら裏スロ屋が新しくできて、設定がいいって話のようだ。

「顔出すのはいいけどすべったのはスロットなんかで戻る額でもねえからなあ。なんだよ、新規引くとそんなにもらえんのか？」

「まさか、どこも一緒ですよ。そんなんじゃなくて、置いてある台のラインナップがヨダレもんでして。どうです？　初回1点サービス、ほら！」

袖を引かれて連れられていったのは期待が半分と、こいつの面倒見の山上《やまがみ》さんも関係してる店だと踏んだから、話のネタにでもなればいいなというのが半分。

そもそもスロットで半帯はなかなか戻らねえよ。１００円の台は確実に設定1で裏設定も地獄、40円でも閉店まであと数時間だろう？

店に入ると確かにオールドファンには懐かしいラインナップだ。3号機にCT機まであるもんな。この街でこれくらいわかっている品揃えをしたのは何年か前に「行列のできる裏スロ店」としてニュースになった金田《かねだ》兄弟の店くらいだ。

懐かしい思い出に浸りながら店内を一周していると、あいつがいた。旋風の用心棒で天井近くまでハマっている純ちゃんだった。

「なんだ？　レバー叩くなんて珍しいじゃねえか」

隣のファイヤードリフトに腰かけてそう言った俺に、少し驚いたように純ちゃんは振り返る。

「リーくんかよ。こいつ、絶対設定1だぜ？」

じゃあやめればいいのに。そう思ったが、まあ気持ちはわかるよ。昔のパチスロ回してると演出ひとつでノスタルジーに浸れるんだよな。大人になってゼニに余裕ができるとそういう部分に観戦料金を支払っている感覚にもなる。

だが純ちゃんは違った。ハマればハマるほどにレバーを強打している。こいつ天井バケだったら店に追い込みかけるんじゃねえかなと思うほどの強打だった。

「誰と来たのよ？　ひとりか？」

そう聞くと、純ちゃんは反対の島を指さした。細いパンツにでかでかとブランドロゴが描いてあるロンTを着た若造3人だった。

「なんだよ、しょうもないガキ連れてるなあ純ちゃんは」

冷やかしをいれた俺に純ちゃんは言った。

「甘いなリーくん、あいつら明王高梨《みょうおうたかなし》の手下だぜ。また金集めしてんだ。チェックいれちまってよ」

高梨と言えば、リップルって仮想通貨に仕手《して》をいれるみたいな与太話で何十億も集めて街からフケた伝説級の詐欺師だ。通り名が明王。詐欺師は自分で王様を名乗りがち。

タワーマンションからホテル暮らしになって、訴えられて飛んだと聞いていたんだけどな。

「マサキさんの紹介だよ。これは一山あるぜ？」

話を聞くと、デートクラブ屋のマサキさんは懲りずに櫻田に付きまとっているらしい。一発小突けばいくらか出てくるような詐欺師だから、小遣いを稼ぎたくなる気持ちはわからなくもない。

純ちゃんが引き連れている小僧どもは、マサキさんが俺に黙《ダマ》テンで居座っていた櫻田の住むマンションに押し掛けてきたんだそうだ。パッと見からして弱そうな小僧だったたってのもあって、瞬間で蹴散らした純ちゃん。すると、あとになって高梨から連絡があったらしい。


高梨の言い分はこうだ。細パン小僧どもは櫻田にやられたが、金を集める力はある。いくらかでも取り返して太客に戻せば、もう一度金を引ける。それを高梨が運用すれば細パンも櫻田被害者も助かる——そんなよくある内容だった。


詐欺師はカモを取り合う、しかし上級の詐欺師はカモの漁師を取り合う。

この街ではよくある、そんな話。

「高梨の枝なんか触ってると事故るぜ？　俺は帰るけどお前ら、間違っても巻き込むなよな」

嫌な予感がした俺は突き放し気味にそう諭していたが、純ちゃんは天井から旋風チャンスに突入して話が右から左って様子。

振り分けはほとんど単発だった気がするが、小僧どもを台の周りに呼び寄せて4号機時代の思い出を語り、ご満悦の様子。

飽きてきた俺はそれを背にしてノーマネーで店を出る。エレベーターは誰かの吐瀉物でひどい臭いを醸し出していたから階段から降りることにした。

本日はマイナス55万に、戦利品はタバコが2箱。ゼロサムゲームのこの街じゃ、そんなのは普通のことだがな。

＊

事務所に戻る帰り道、ゴミ袋がガサガサ動いていると思ったら中にネズミが入っていた。

袋を食い破ってネズミが自分から中に入ったのか、それとも誰かがネズミを生きたままゴミ袋にいれて捨てたのか。検証するにはゴミ袋に穴が開いていないか確かめる必要があるが、よく考えたらそんなことはどうでもいい。不気味に動くゴミ袋を横目に、俺は職安通りへと抜けた。

それにしてもだ。詐欺師をカタにハメようとする詐欺師に、純ちゃんが肩入れしようとしている。金を商材にしたポンジ野郎の櫻田と、リップル詐欺師の高梨の件だ。

この2人は詐欺師界隈ではそれなりの存在で、太い客や手下の若い人間使って自転車操業してるわけ。例えるなら鵜飼《うか》いみたいなもん。そもそもこの話を持ってきた愛梨の周りだけでも、櫻田からはまだ6000万以上も未回収だから、本気で取りに行くには鵜が飲み込んで吐き出した魚を何匹か戻させるってことだからな。

櫻田からかすめたゼニを元手に高梨に仕事させるって発想は悪くはない。とはいえ、ついこないだ搾りカスまで締め上げた人間から、これ以上取り立てなんてできるものなのか。

「行きはよいよい帰りは怖い」

とはよく言ったもので、ゴールまでやっちまうと帰り道は相当に寒い。山登りに例えるなら、6合目くらいまで行ったら記念撮影でもして家に帰ったほうがいい。あれ以上圧迫すると本気で筋の悪いところも出てくる。それくらい、櫻田は多方面から金を引き散らかしていたからな。

面倒事に巻き込まれた場合の対策をシミュレーションしながら歩いていると、事務所はもう目の前だった。部屋に入ると電気がつけっぱなし。最後に出たのは俺だから誰のせいでもない。

不細工に巻かれたスウィッシャースウィートのブラントが残っていたから、そいつに火を点《とも》す。微睡《まどろみ》みながらこの日は眠りについた。


翌日、起きたのはしつこいバイブレーションのおかげ。目覚ましはかけない主義で寝たいだけ寝るタイプの俺だけど、強制的に起きるのはだいたいこのパターン。音で咄嗟《とっさ》に起こされるより振動で徐々にのほうが目覚めはだいぶマシだ。

「リーくん出るの遅いよ。今からちょっとラトゥールの櫻田の部屋来れない？」

電話はマサキさんだった。

「嫌だよ、起きたばっかりだし。どうせ面倒事だろ？」

その通りだった。マサキさんは乱戦に巻き込まれている様子。というのも、純ちゃんのことを〝よくわからないけどすごい人〟と思い込んだ高梨の手下3人組が気を大きくして櫻田に返金の直訴をしに来たところに、面倒くさい債権者リスト1位の某広域指定暴力団関係者が乗り込んできたらしい。

「触るなって俺、言っただろ。状況もわからねえのに行きたくねぇよ」

「それは来てくれたら説明するって。頼むよ、リーくん」

ほらな。深追いするとこうなるわけよ。

「純ちゃんはどうした？　そのガキらと昨日仲良く遊んでたけど」

「それが既読もつかないのよ、逆にリーくん知らない？」

またやりっぱなしの悪い癖が出ていやがる。マサキさんからの電話を切った俺は純ちゃんのケータイ、ＬＩＮＥ、テレグラムと片っ端から連絡をしてみたが、確かに連絡がつかない。


こういう時は焦っても無駄。

マサキさんに「夕方までには顔出すよ」とメッセージを入れてケータイを放り出した。すぐに着信が入るが、もちろん出ない。

見捨てるわけでもないいんだけど、こういうトラブルは初動が大事な時とそうではない時がある。

状況が把握できていないのに焦って急行するより、遅れてでも全体像を掴んでから行ったほうがいいこともある。

そもそも高梨は厄ネタだからな。実を言えば、純ちゃんがこいつと絡んだ時から俺は心配だった。

あれは赤坂のインターコンチだったと思う。高梨が不良っぽい債権者に囲まれて拉致られそうになったところを、純ちゃんは一度助けていた。当時、宗教的な盛り上がりを見せていたリップルのコミュニティがあって、飯の種を探しに潜入したら高梨の話術に乗せられて、純ちゃんもリップルを全財産ぶん買ったんだそうだ。

一時期は何倍にもなったそうだが、結局はデカい含み損を抱えるようになった。それでも高梨はなにかに使えるんじゃないかって、人間関係のレツはつないでいたという記憶がある。

高梨が破綻してしばらくしたあとにヘルプの連絡があって、それが件のインターコンチ。

「おまわりさん、大変です。ロビーで暴力団が暴れていて、一般市民が巻き添えになっています。刃物とか、持ってるかもしれない」

「警察の方かね。私は今、溜池のインターコンチにいるんだが、風体の悪い輩が揉めごとを起こしておる。周りにいる人間、女子供も区別なく引っぱたいているのだよ。早く助けに来てくれんかね」

純ちゃんがケータイを何台も使い、声色を変えて警察に110番通報した結果、現場は揉みくちゃになった。駆けつけた警官に不良が足止め食らってる間に、純ちゃんは刑事のフリして高梨を見事救出したらしい。こういう機転だけは効くんだからたいしたもんだよな。

いくらかそれで握ったんだろう。単純な性格だからパブロフの犬じゃねえけど、またおこぼれに期待して後ろについていたのか。


高梨が街をフケたあと、その下でマーケターと言えば聞こえはいいが、詐欺の金集めをしていた連中の一部が櫻田に流れたということだろう。そいつらがマサキさんが居残りシノギをかけている櫻田のマンションに突入した。それをマサキさんは純ちゃんに投げたが、純ちゃんはなあなあにした。そういう流れ。昨日バカラで負けて裏スロでもすべってから2人とは話していなかったが、この線で間違いはない。

強欲が災厄を招くっていう、この街のテンプレートみてえな事象であって本当にわかりやすい話だ。

部屋にいても落ち着かないから、俺は外に出た。それでも一応ラトゥールのほうに歩き始める自分を優しいな、なんて思いつつ、やることもないから小滝橋通りの丸亀製麺に立ち寄って、ぶっかけうどんを注文する。

ちくわを念入りに細かくして麺と混ぜるのが俺のフェイバリット。多めにぶっかけたネギ、ちくわの破片、それとうどんを混ぜていると純ちゃんからの電話が鳴った。

「おせえよお前。ちょっと5分待ってて、すぐ折り返すから」

俺がそういうと「緊急！　緊急！　今聞いてよ！」と純ちゃんは叫んでいたが、俺は電話を切った。こういう時に焦ると泥沼にハマりかねないんだ。

うどんを胃に流し込んだ俺は店を出た。昨日ガジってきたタバコはまだだいぶ残っている。そいつに火を点けて半分ほど灰にしてから、俺は純ちゃんに電話をかけたんだ。

「今ちょうどガード下あたり。とりあえず話聞くから出て来いよ」

常圓寺《じょうえんじ》のお墓の裏の公園に、コンビニで買ったトクホのお茶を持ち込んで純ちゃんを待つことにした。頭を過《よぎ》ったのは、さっき見た袋をかぶって不気味に動くネズミ。出口のない迷路でもがいているようで不吉にもほどがあるが、なるようにしかならない。クシャクシャになった箱からもう1本タバコを取り出し、火を点けた。

*

待ち人来る。普通こういう時は、俺を見かけたら小走りで駆けつけるのが当然の礼儀だと思うが、純ちゃんは違った。どこかかったるそうに歩いて近づいてくる。

「あれ？　俺の飲み物は？　なんでないのよ」

ピクニックに行くわけでもないのに相変わらず危機感のないやつだ。純ちゃんはふてくされた顔で通りの自販機に行くと甘そうな紅茶を買ってきた。

「緊急って電話で騒いでいたのはなんだったんだよ？　マサキさんがかなりまずい状況だってのに、ずいぶん呑気な動きしてるな」

「それがさあ、俺よく考えたんだよ。ほっとけばいいだけの話なんじゃないかなって。俺、マサキさんとそこまで仲良くないかなって」

同じヤマを踏んだ人間をこうもあっさり切り捨てようとするとは、とんでもないやつだな。

確かに居座りして櫻田をいじくり続けたマサキさんは自業自得だ。ただ、あの日俺たちが切り取った金を広域指定暴力団に所属する先方が「自分のものだからこっちにつけろ」なんてごねたら、俺たちもどうせ探されるわけ。なら、早いうちに話の折り合いをつけたほうがいい。

「おい、ポイ捨てするなよ」

「なんだよ。リーくんだってするだろ？　いちいちうるさいなあ」

ピリピリしているから、マナー以前に人のこういう一挙手一投足が気になって仕方ない。

確かに気乗りはしない。この様子だと、もうマサキさん、締め上げられてるんだろうな。

「あともうひとつ心配なことがあってさあ……」

純ちゃんが気まずそうにボソボソ言ってきた。聞けば、マサキさんに電話を代わられて相手が誰だかもよくわからないうちに、いつもの調子で吠えてしまったそう。

「今から道具握って行ってやるからよ。待っとけよ、バカ野郎」

ひとしきりカマしたあとに看板を出されたとのこと。

「それ、先方さん怒ってるんじゃねえの？　バカだなあ本当に」


気分がますます重くなったところで現場に到着した。ラトゥールはインターフォンがないから受付で行き先を言わないといけないんだけど、こんな用事でコンシェルジュと話したくもない。

上にいる人間に降りてきてもらうか。マサキさんに電話をかけた。スピーカーからは知らない声。

「何時間も待たせやがって。使いのもん降ろすから待っとけ」

しばらくすると、先日闇スロ屋で会った小僧3人組のうち一番ちびっこいのが降りてきた。細パン2号とでも言おうか。

「純さんおつかれさまです。マサキさん結構やられちゃってて……」

「自分らは大丈夫なの？」

「僕らはまだ櫻田から1円も返ってきてないので。マサキさんは、今まで取った金をどこやったんだって詰められてます」

まあ、そうなるよな。リンゴが木から落ちるくらい当たり前の流れだ。

エレベーターで43階へと上がるまでの間、どうやって切り抜けるかを考えていたが、結局出たとこ勝負するしかない。なんせ、相手がどういう温度なのかもわからない。

玄関を開けると靴やサンダルが乱雑に並んでいた。細パン2号に導かれるままにリビングに入る。ヤクザというより日焼けした半グレ風が中央に陣取っている。なるほどな。目立つのは得策ではない乗り込みなのに、男は蛍光色の短パンにTシャツから堂々と刺青を出していて、結構ぶっ飛んでいそう。こういうタイプはあとからデコが来るとか気にしない直情型だ。

床に目を向けると指がクリームパンみたいに腫れたマサキさんが転がっていて、泣きそうな目でこちらを見てきた。たぶん、指を折られたんだろうな。

「事情がよくわからないんですが、こいつなにかしたんですか？」

とぼけて自然なボールを投げてみた。

「なんだあ？　櫻田に俺たちが預けてた金、お前らが持ってっちまったんだろうが。

償って金預けていたのによ、こいつが700万ぽっちしかねえっつうから隠し場所聞いてたんだよ。そんなにすぐなくなるわけねえだろ」

そうか、この人はあの日の俺たちと同じだ。


わかる、わかるよ色黒の兄さん。俺たちもあの日、素寒貧《すかんぴん》の櫻田の財布の中身や銀行口座を見て愕然《がくぜん》としたもんな。俺はこれまでの経緯をわかりやすく、かつ櫻田がいかに悪質かに重点を置きながら説明した。

「――というわけで。自分らも結構苦労したんです。その日の金はもう被害者の女につけちゃってるし。こいつの規模になると金に色なんかないんだし、どれが誰の金なんかわからないじゃないですか」

「じゃあ俺にババ引かせるってわけか？　それにさっき啖呵切って来たのいたよなあ？　お前か？」

純ちゃんが吠えちゃった件か。

「どこのどちらさんか、わからなかったのでつい……」

俺がそう言いかけたところで純ちゃんがマサキさんのところに駆け寄った。そして腕からアイスブルーのデイトナを剝《は》がすと、純ちゃんは驚くべき一声を上げた。

「今日はこれでどうか勘弁してくださぃ！　櫻田からも手を引きますから。この時計、１０００万くらぃするんです！」

さっきまで痛みに苦しんでいたマサキさんが目を丸くして純ちゃんを見るものだから吹き出しそうになった。純ちゃんを「なんだかすごい人」と認識していたはずの白パン小僧３人組も引いたんじゃないかな。まさか他人の時計でケジメをつけるとは。


拍子抜けした色黒ヤクザだが、被害は億単位とあって当然すぐには引き下がらなかったものの、「櫻田のガラさえあれば金はまた作れますから」とクロージングをしたら、ある程度は納得した様子。

「じゃあそういうことで。櫻田は置いていくんで、他のやつら連れて帰っちゃってもいいですかね？」

こんな場面で知り合った不良と連絡先の交換をしても、いいことなんてない。俺は軽く会釈をして、仲間と小僧たちを連れてラトゥールを出た。

「純さん、こうなるとこないだ俺たちが払った手付けってどうなっちゃうんですか？」

後ろのほうで細パンが不安そうにそうこぼしていた。

「うるせえ！　これでも安く済んだってわからねえのか！」

小競り合いを横目に、マサキさんは腕を押さえながらタクシーを止めて大久保病院へ向かった。応急処置をするためだ。

「だから言ったのによ。マサキさんもツラの皮厚いんだから」

「甘いなリーくん。あのデイトナ、スーパーコピーだから」

発車際にそう言い残して、マサキさんを乗せたタクシーは十二社通りの彼方に消えていった。


空を見上げると、街は夕暮れ。

場面が長く続いたせいで、昨日ガジったタバコはすっかり空になっていた。ついでにライターも部屋に忘れてきたか。まあいい、そんな日もある。

＊

家に帰ってひと眠りしようかと思ったが、朝方まで賭場にいた翌日にこんな場面が続くと、なかなか寝る気分にもならない。ドーパミンが過剰に分泌されたせいなのかはわからないが、日が暮れてからどうにも目が冴えてくる。

こんな時は思い出したように何か所かに電話をするんだ。

返せる当てがないのはわかっていても、思い出したら必ず電話をしないといけない債務者連中が何人かいる。

別に嫌がらせってわけじゃない。時間に関係なく「今日いくらか返せるか？」って電話で聞くんだ。業者でもない個人間の話だから催促するのに時間の縛りはない。

そんな時に、だ。

「ずっとジリ貧でお前どうするんだよ？」

なんて世間話を混ぜると、たまに面白い話を持ってくるやつがいる。顔だけは広いバカっているだろ。あんなのに返せない金を貸してやるのにも、いろいろ理由があるんだよ。

「もしかしたら来週返せるかもしれません。まとまった紹介料が入るかもしれなくて……」

どこかで聞いたことのあるような話だと思ったら、これも高梨のレッツの連中からだった。

明王を自称する詐欺師の高梨。過去にリップルの高騰を的中させた伝説の投資家が、また大きな相場を仕掛ける。そこに乗っかれる枠があるから出資しないか？　そう持ち掛け、首尾よく出資させれば紹介料が支払われる――そんな内容だったけど、典型的な詐欺話だよな。金入れる人間を紹介すると何割か入る、みたいなスキームを誰が信じるんだって思うけど、まあ一定数いるんだよ。金ぶっこむのが。

しかしそうなるとだ。街をフケてから表立って金集めをしづらい高梨が矢面に立つはずもない。純ちゃんが連れていた手下の細パンどもがその役目を担ってるんじゃないか。そう思って電話をかけた。

「あいつらの名前？　リーくんガチャガチャにするから言いたくないよ。なんかあったわけじゃないだろ？」

「なんかあってからじゃ遅いだろ。俺たちは櫻田の件で他を出し抜いて金かっぱらってるの忘れんなって。あれとごちゃまぜになると面倒だぜ。まだ一緒だろ？」

「そうなんだけどさあ、こっちも困ってるのよ。まあいいや。ちょうど暇だし、あいつら、今から事務所に連れて行くよ」

連中を待っている間、やることもないから便所の掃除をした。厄介事に巻き込まれるのだって、トイレの神様を粗末にしたせいかもしれないもんな。


シャツを捲《まく》ってせっせと便器を磨く。誰のかわからない縮れた毛を綺麗にトイレットペーパーにくるんで流したらもう完璧だ。ついでに芳香剤でも買ってきてもらえばよかったと思っていたら連中が到着した。

「まあ座れよ、あんちゃんたちも今日は大変だったな。コーヒーでも飲むか?」

落ち着かせて話を聞き始める。

リーダー格の小僧は山里《やまざと》くんというらしい。ここ1、2年で副業やFXなんかのネタで釣った投資家、というと聞こえはいいが、要は楽して儲けたいって連中を案件元にパスするブローカーなんだそうだ。


最初は高梨の下で金集めをしていたが、相場に失敗してとんでもない負債を背負ってしまい、どうしようもなくなったところで櫻田と出会ったそう。当然そっちでも事故ったもんだから、山里くんはかなり気まずい状態に陥っていた。

「高梨さんが、もう1回お金を集めてくれれば今度こそ成功するって言うので。櫻田さんには元本だけでもどうしても返してほしくて。それで純さんに手付金500万払ったんです」

ああ、純ちゃんに金つけちゃってたんだったな、こいつらは。あの状態の櫻田から切り取るのは至難の業だってわかっていただろうに。当の本人は素知らぬ顔でスマホをいじり、麻雀のオンライン対戦をしている。

「純ちゃんに手付け払っちまったのはわかるけど、さっきの不良見たろ？　役職付きだったたし、あっちに身柄取られちゃったのに回収するのは難しいんじゃないの」

「えっ、じゃあ手付けの払い損じゃないですか！」

それはそうなる。ただ、純ちゃんがなにかすると俺まで白い目で見られる。いくらかだけでも拭いてやっておさらばしたほうがいい。そう思ってマサキさんも呼んでおいた。そろそろ着くはずだ。

待ち時間の間、山里がどうしてそんなにせっせと詐欺師に金を運んでいたのかが気になった俺は、話を聞いてみることにした。すると、偽造の残高やらの騙《だま》しツールに目が眩《くら》んだというより、人として魅力を感じて信じてしまったようだった。

まあ詐欺師は人たらしよ。優しいし、自分で自分をも騙して虚構の人物を演じているから、一度信頼させせたら多少のボロが出ても人は離れない。

「俺も高梨好きだぜ？　あいついいやつだもんな、スーパー詐欺師だけど。おっ、リーチ」

純ちゃんも麻雀しながらそんなことを言っていた。そうこうするうちにマサキさんが到着した。

「イテテテ、見てよこれ。はい、バルタン星人」

両手の人差し指から順に折られたらしく、ぐるぐる巻かれた包帯を誇らしげに見せびらかしてきた。

一応お茶を出してやる。マサキさんからサルベージして平たくするしかないと思った俺は説得に入った。

「実際いくらガメたのか知らないけど、個人プレーで結構握ったんだろ？　もう何も言わないから、こいつらに300だけ渡してやれよ」

「なんでよぉ！　指まで折られたし。俺だってリスク背負ってガジってたんだからあ。嫌だよう、返したくない！」

押し問答になりかけたところで純ちゃんが立ち上がった。

「マサキさん、俺がこれ知らないと思ってたのかよ。あんたこれでも儲かったはずだろうが」

スマホの画面にはマサキさんが経営するデートクラブの在籍女性一覧が表示されていた。ボカシが入っているものの、見るからに愛梨とわかるキャストが――。

「一緒のヤマ踏んだってのに独り勝ちか？　コピー品のデイトナで機転利かせたのだって俺だろうが」

ソファーに戻りながらぼそっと「好きだったのに」と悲しそうにつぶやいた純ちゃんの声を俺は聞き逃さなかった。

マサキさんはうなだれながら条件を飲んだ。山里らは帯を3つ受け取ると、おとなしく帰っていった。

「そんな落ち込むなよマサキさん、今日は俺が奢ってやるから」

「そうだよ。あんま拗《す》ねるなよ」

マサキさんを真ん中にして、俺たちはすっかり日の落ちた区役所通りを歩いてLビルに向かった。行く先は例の闇スロ屋。野郎寿司の前に引き屋の佐野がいた。

「お疲れさん、ご新規1名連れて来たぞ」

「なんだよ！　奢るってスロットかよ。俺の指見ろって」

意地悪だって愛情、そんな日もある。

俺は大花火、純ちゃんは一撃帝王、マサキさんはリール停止ごとに痛そうな顔をしながら裏物のジャグラーを打っていた。

＊

「イタッ、痛っ」

レバーを叩くたびにうめき声をあげながら、マサキさんはジャグラーを順調にハメていた。

上部のデータロボを見上げると、もう900回転くらい。このチェリーバージョンは天井が1000ゲームくらいだった気がするからそろそろか。懐かしの小泉元首相じゃないが、痛みに耐えてよく頑張ったというところ。まあ単発だろうけどな。

缶ビールを片手に大花火を打っていた俺は順調に2000枚くらい出していた。昔取った杵柄《きねづか》で、リプレイ外しの成功率が95%くらいあった影響も大きい。大花火において、三連ドンちゃんで外しをするような男にはなりたくないという気持ちが今の俺を作ったといっても過言ではない。

そうこうしているうちに山のハサミ目が外れてまたＢＩＧを引いた。

「なあ見てくれよ。人生、ヤマ張って外れてもボーナスが待っているかもしれないぜ？　この出目がそいつを表しているよな」

ほろ酔いで気の利いたことを言ってみるも、純ちゃんは無視。

「リーくんのそういうの、興味ないからいいって。メモ帳にでも書いとけって」

こいつも最終天井付近まで引っ張られているだけあって、なかなか機嫌が悪い。

「よーし、やっと光った」

マサキさんに待望の天井。チェリーバージョンのジャグラーで天井から爆発したのはあまり見たことがなかったけど、結構伸びた。

最終的に俺とマサキさんが15万ほど浮いて、純ちゃんはトントンくらい。負けが常道の闇賭博屋にしては上出来の部類だろう。

軽く寿司でもつまんで帰るかという話になり、野郎寿司に立ち寄ることにした。

「そういえばさ、マサキさん愛梨で儲かってるんじゃない？　あのコならかなりランク高いでしょ」

グラスビールを飲みながら、純ちゃんがしゃべり始めた。

「うちのシステムって初回のマッチング料を取る形態でしょ。愛梨は速攻で太いパパができちゃって、もう新規取らないなんて言うから全然儲かってないのよ。ホームページのお飾りってとこ?」

「パパ?　なんだよそいつ?　どんな仕事してる人?」

「投資家だったかなあ。パパ活って歳でもない人だよ」

純ちゃんは、なんだかんだ愛梨が気になっている様子。それを横目に俺は穴子の白焼きをつつく。野郎寿司に来たらまずこれなんだ。

盛り上がる2人をよそに、俺はどこか冷めた頭で櫻田との出来事を反芻《はんすう》していた。よく考えると、今回の件が尾を引くとなかなか具合が悪い。不良に渡したデイトナがパチ物だとバレたら目も当てられないし、高梨の部下の細パンどもから純ちゃんは手付金詐欺みたいな形で金をせしめているわけで、これも聞こえのいい話ではない。

「どうしたんだよ、リーくん。難しい顔して。具合悪いのか?」

異変に気づいた純ちゃんがそう聞いてきた。

「2人とも、欲かいて深追いするとトラブルになるってわかったよな？　ちっとは勉強してくれよ」

「とはいってもプラスには間違いないんだからいいじゃんか」

「さっきの300万とこの怪我は痛いけど、まあいいよ」

図太いというか、どこかネジが外れているというか。この街で裏と表の境界線を行き来している人種の職業病なのかもしれないな。

「忘れてた！　そういえば、すげえ熱い話があるんだ！」

そろそろ腹もふくれてきたというところで純ちゃんが思い出したかのように切り出してきた。

下町にN会っていう野球賭博で有名な組があり、そこで勝ちすぎて出禁になった伝説の野球賭博師のおじさんと知り合ったらしい。

「俺も最初は半信半疑だったんだぜ。でもおじさんが送ってくる予想を毎日メモしてたんだ。そしたら30戦してひとつしか外していないんだ。ほら、見てよこれ」

純ちゃんは興奮気味にiPhoneのメモ画面を見せてきた。

「マジかよ！　リーくん、みんなでこのおじさんに乗らないか？」

マサキさんも痛みを忘れて大興奮。指の包帯に醤油をこぼして汚らしい。

「まあ今回はあぶく銭も握ったしなあ。100万くらいなら乗っかってみるか」

「よし来た！　俺は高梨軍団からもらった500万、全部行くぜ？　マサキさんは？」

「純ちゃん、その手付金の300万返したの、俺なんだぜ？　けどまぁ、そうだな。あの300万取り返したいから3本行くか！」

修羅場を抜けた安堵感にアルコールの勢いも手伝って、俺たちはトントン拍子に野球賭博をすることに決めた。軍資金は合わせて900万。野球賭博師の予想に乗っかるだけだから、楽な話だ。


ところがだ。翌日から1試合100万ずつ張ってはみたものの、あれよあれよと6連敗。残り300万になってしまった。俺は遊び金程度だから気にも留めてなかったが、2人の顔色が悪い。緊急ミーティングと称して事務所に来たのが木曜日の昼間のことだった。

「どうなってるんだよこれ。純ちゃん話が違うよ！」

マサキさんは包帯でぐるぐる巻きの手でタバコをスパスパ器用に吸いながら、純ちゃんを問い詰める。

「俺、嘘なんかついてないよ。本当にあの日まではずっと勝ってたんだって！」

このパターンは、もしやあれかもしれない。思うことがあり、俺は恐る恐る聞いてみた。

「おじさんの勝敗報告ってどのタイミングで聞いてたんだ？　もしかして試合後に今日の結果報告みたいなメッセージで来てたんじゃねぇよな？」

嫌な予感ほど当たるものだ。純ちゃんは黙り込んでしまった。

「もうひとつ。今回の胴《どう》って、そのおじさんを紹介してくれた人間とつながってたりしない？」

するとモジモジしながら純ちゃんはこう言うんだ。

「……する」

「……胴の人に……紹介してもらったんだ……うちなら受けれるからって」

ノミ屋が新規の客を引くためのフカシ話にまんまと乗せられたってわけだ。

「待てよ？　これ、おじさんの逆張りすれば勝てるってことだろ？　俺は諦めないからな！」

おかしくなった純ちゃんは、おじさんの巨人予想に逆らって阪神に残りの３００

万をフルベットした。結末は言わずともわかるだろう。

こんなこともあるよな。人生は山あり谷ありだ。

「人生、ヤマ張って外れてもボーナスが待っているかもしれないぜ？」

先日の闇スロット屋で言ったセリフを、ここぞとばかりに言ってみた。2人は呆然として返事もくれなかった。

金は天下の回り物とはよく言ったものだ。現実逃避がてら俺達は葉巻を裂き始めた。紫煙をくゆらせて窓の外を眺める。

明日がある。明日がある。明日があるさ。

飛鳥クリニックは今日も晴

意気揚々と博打場に来た時ほど負けるもんなんだよな。

男たちの夢の島、それが平和島。しかしどうして俺がぶっこんだ時に1マークで転覆してくれるのか。ビニール袋か、はたまたフナでもプロペラに引っ掛かったのか。1号艇はキャビテーションを起こしてそれでおしまいよ。


こういう時に野次《やじ》るオッサンらは多いんだけど、俺は叫びたい気持ちを隠してクールに振る舞うタイプ。言っちゃなんだが、大声出しているオッサンらの舟券をまとめて足したより大きな金額を数秒で紙切れにしたわけ。だが俺は平静を装う。なぜなら今日は女連れだからだ。

「これがギャンブルの怖いところだよ、デキてたんだけどなあ。まあ見ているところは合っていた」

トムフォードのサングラスをクイッと持ち上げ、そんなセリフをつぶやいてみる。もちろん本心は目の前のオッサンらと同じ気持ちだが、今日はそういう温度は見せられない。


女連れといっても、別にデートというわけでもない。きっかけは件のキャバ嬢、愛梨。あいつがマサキさんの店で知り合った金持ちのパパがいて、そいつが俺に相談したいらしく、呼び出されたんだ。

用件は投資詐欺の調査という話だった。知り合いの色恋関係から入ってくる話にロクなものはなかったし、当然乗り気じゃなかった。

そのへんは愛梨も心得たもん。わざわざインスタグラムを見せてきて、

「このコ知ってます？　リーさんのこと、よくバーで見るんだって。このコも騙されちゃって、よければ一緒に話を聞いてほしくて」

なるほど、かわいいじゃねえか。アプリの加工技術が発達しようと、どうやっても元々のポテンシャルは高い。そんな容姿だった。

「この女とお前のパパがどうして同じのに引っかかるんだよ？」

「パパじゃないってば。お金だって私がほしいって言ってるんじゃなくて、勝手にくれるだけ」

「だからそれをパパっつうんだろうが。そのバーキンも300くらいするだろ？デカいの釣りあげたなあ、お前も」

「この話はもうおしまい。とにかく流れを説明させてください」

愛梨によると、2人が引っかかった詐欺師は六本木のショークラブで毎晩のよう

に飲み散らかしていたらしい。愛梨のパパもアフターでよくそのクラブに行ってたようで、席が近くなった際に軽い挨拶から始まり、連絡先を交換する流れになったとのこと。

一方で女は六本木にあるFというクラブで詐欺師に指名されていた。アフターでよくそのショークラブに付き添っていたらしい。いつも豪快に金を使い、チップも大盤振る舞いしているその詐欺師を〝本物〟と信じてしまったのが不運の始まりだったというわけ。

ネタはよくある単純なポンジだった。必ず上がる仮想通貨があって、そこに投資すれば確実に儲かる。ただ、機密保持のため銘柄は教えられない。自分に預けてもらえれば――というシナリオだ。

詐欺師はまだ若いハーフの男で、木口《きぐち》クリスピーノという妙ちくりんな名前のやつだった。

こんなの信じるほうがどうかしていると思うだろうが、クリスピーノがハイブランドで着飾り湯水のように金を使う姿を見るだけで、コロッと騙されるやつは案外多い。まさかこんな金持ちがわざわざ自分をハメるはずがない、と信じ込ませる典型的な手口。

「ハーゲンダッツみてえな名前しやがって。なんか腹立ってきたから相談乗ってやるよ」

「本当ですか？　じゃあ和彦さんとルイを呼んで席作りますね！」

そんな流れで今日、品川のプリンスホテルまで呼び出されたというわけ。少し遅れて到着するとすでに3人はテーブルにいて、軽く会釈をしてから席についた。


和彦さんはパパ活なんかしている割には若くてすらっとした優男だった。ルイはインスタグラムで見た通りの美人、内角高めのストライクってところだ。助けてやってもいい、そんな気持ちになった。

最近のヤマと比べると被害総額はそう大きくない。和彦さんが2000万にルイが300万。話を聞いている分には、まだ行ったり来たりの金がクリスピーノにはあるようだった。

「これ見てください。今日もストーリーズで時計買ってるところ、アップしてるんです」

ルイのスマホには、詐欺師がよく行く銀座の時計屋でパテックフィリップを買っておどけるクリスピーノの姿があった。

「債権者向けのポーズかもしれないぜ？　僕は余裕ありますよって見せ方しておけば、多少遅れたくらいでは追及もされにくくなるだろ」

「僕なんかＬＩＮＥの返信も３日に１度ですよ？　返すものも返さず高い買い物するなんて……」

和彦さんは怒り心頭という様子だが、この人も脇が甘いよな。愛梨に渡している金なんかも考えると余裕ありそうだし、よいカモにされてしまったのだろう。

「とにかく調べてみますよ。ＬＩＮＥでグループでも作って、情報共有していきますから」

伝聞だけで相手の懐を判断するのは悪手でしかない。まずはクリスピーノの下調べから始めることで解散となるはずだった。だが、ここからがまさかの事態。

「このあと、どこか行くんですか？」

タクシー乗り場で和彦さんを見送った愛梨にこう聞かれたんだ。

「品川まで来たし、平和島競艇でも寄って帰るよ。安心しろ、仕事はちゃんとしておくから」

すると暇だから私たちもついていっていいかとのこと。これはルイを気に入った俺を見越しての、愛梨からのスルーパスだったのかもしれない。賭場に似合わない夜の女を2人連れて競艇観戦している謎の男は、こうした経緯で誕生した。

財布には10万と少し。次はしっかりデカいのを取ってやろうと展示航走を集中して眺める俺は、ルイの目にはどう映っていたのか。

「口に合うか知らねえけど、これ食ってみろよ」

おおこしの牛もつ煮込みライスを2人に振る舞うと、男の勝負飯の味にまんざらでもない様子だ。

初めてのボートレースに興奮した様子のルイは、あれはなに？　これはなに？　とやたらと話しかけてくる。俺の感覚だとなんだか一発ヤれてもおかしくないような雰囲気だ。


次のレースも新田選手のセンターまくりで買っていた舟券が粉砕されて財布は空になってしまったが、別に今日はいい。綺麗な姉ちゃんとの距離を縮めるのにいくらかゼニを使っちまったってだけよ。

「もう、リーさん口についちゃってますよ」

ソフトクリームを食べていた俺の口元を、そっとハンカチで拭うルイ。パスはしっかり受け取ったぜ？　そんな目線を愛梨に送った頃にはすっかり日が暮れていた。

日没と同時に点されたナイター照明と大時計、そして背後のビル群とのグラデーションは、美しく切り取られ、翌日ルイのインスタグラムにアップされていた。

＊

珍しく早起きしたものの、どうにも寝覚めが悪い。

愛梨とルイを連れて行った昨日の平和島。結局ボートで勝てず財布はカラになったが、悪くない時間だった。紳士的に解散した俺は事務所に戻ると相談を受けた件の下調べにさっそく取り掛かったんだ。

そんなに急を要する案件でもなかったけど、ルイを困らせてる詐欺師がこの街のどこかで粋がってると思ったら仕事に熱も入るよな。

コンビニで買った塩辛をアテに年寄りくさい飲み方をしながら、いつもは億劫《おっくう》に感じる調べものを鼻歌まじりに進めていった。

ただ、そうこうしているうちに寝落ちしたようで、山盛りの灰皿と飲みかけの発泡酒の嫌な匂いと同時に、それとは真逆の爽やかな朝日で目を覚ましたってわけ。


さて、件の詐欺師、木口クリスピーノ。回収するにはこいつの懐事情をなるべく正確に把握しておきたいところ。今回の依頼は2300万円ほどだから、クリスピーノがひと仕事して潤った瞬間を狙い打てれば、回収できる確率は格段に高まる。

だが、クリスピーノに近しい友人・知人が簡単には見つからない。てめえの物なのか借り物なのかわからないブランド品自慢をしているインスタグラムを見ながら、とりあえず交友関係の目星だけはつけたが、汚いメモ書きが机の上に散らかっているだけ。昨晩のリサーチではこれといった成果を得られなかったようだ。

広いようでいて案外狭かったりするのが東京の詐欺師の世界。SNSの検索窓を叩けば共通の知り合いの1人や2人、すぐに見つかると踏んでいたんだが、さすがに甘かったか。バイトにコーヒーでも淹《い》れさせたいところだが、生憎《あいにく》今日は休み。買い置きの缶コーヒーを飲みながら、今後の方針を考えることにする。

クリスピーノを直接知る人間が見つからないとなると、やつの懐事情を外から調べるのは案外難しそうだ。

インターネット上に痕跡は残されているものの、そのほとんどがサッカー少年だった時のもの。フェイスブックで地元の友達にコンタクトを取っても「今はもう付き合いがない」という声ばかりだった。野郎はサッカー選手としてはある程度結果を残していて、中学生の時、地元のサッカーリーグで得点王に輝いたなんて記事もあった。

ただ昔から虚言癖の傾向は強かったらしく、地元での評判はかなり悪かった。簡単に言えば嫌われ者ってとこだな。揉めごとを起こすと知り合いでもないヤクザの看板を出し、それが捲《まく》れてさらに追い詰められるくらいには頭の悪いやつだったようだ。地元に居づらくなって東京に出てから詐欺師デビューしたクチなんだろうな。

これはもう、一か八かで本人を取っ捕まえるか。頭は悪そうだから、こいつがノコノコ来そうな場面を組んでハメ呼びしちゃえば話は早い。

当然リスクもある。接触をすると警戒レベルが上がるのは間違いないわけで、その場で回収できればいいけどすべった場合はクリスピーノがどこかへフケてしまう可能性もある。

そうなると状況はアクションを起こす前より悪化するわけ。ここは依頼人に方針の確認をするべきなんだ。


さて、ルイに連絡する正当な理由ができてしまった。

仕事の連絡をするだけなのに妙に緊張する俺だったが、それはそれ、これはこれ。用件を簡潔に切り出した。

「クリスピーノの件、俺の好きなようにやってみていいか？　ミスったらルイの店でシャンパンでも並べるからさ」

「そんな。もう諦め半分だしお任せでいいです。それにお店でシャンパンなんて……それより、またみんなでボートレースに行きたいなあ」

声がかわいいんだよな。声がよ。

あとはもう1人の依頼人、和彦さんの意見か。ハメ呼びするにしても、誰の線からアタックしたほうがいいか相談しないといけない。

面倒だし、こっちはメッセージでいいや。昨日インストールさせておいた和彦さんのシグナルに、「クリスピーノを呼び出すのに適任の人間はいないか」と送信すると、ひとりアリな人材がいるという。和彦さんの指示でクリスピーノを信じたフリをしている社長仲間だ。まさに今、そいつが投資話を振られているらしい。

「天皇陛下の資産を運用する凄腕トレーダーに預ける話で、元本保証、月利33％だそうです」

あまりの頭の悪さに言葉を失う。自転車操業も末期で片輪走行しているような詐欺野郎が言いそうな話ではあるが。

「そのファンドの枠が残り1億で、もうすぐ埋まりそうって話です」

これも安直すぎる煽《あお》り。こんな与太話でも引っかかるやつがいるってことなんだろうな。

「さっそく契約したいと連絡して、会える状況を作ってください。現金を用意するって匂わせたら飛んで来るはず」

和彦さんの社長仲間にそう指示を飛ばすと、案の定、クリスピーノは針にかかった。

後先考えないポンジ小僧に、知能の高いやつは基本的に存在しない。末期になると今を凌ぐことしか考えられないから、疑念を持つより自転車を漕ぐことを優先させてしまう。それが性《さが》ってやつだ。

呼び出しは明日。

こういうのは場所も肝心で、いかにバカとはいえ相手を舐めてはいけない。少しでもトラップを疑われないように、あえて人目のあるチェーン系喫茶店を指定してもらった。

とはいえ、この喫茶店を指定したのにも当然俺たちの思惑がある。この店、同じフロアに別会社が運営する貸会議室があるんだ。

喫茶店の出入り口からその会議室までは、歩いて5秒。そのうえ、喫茶店の入り口にはスモークがかかっている。つまり入り口で待ち合わせをして多少強引な方法を取れば、人目に触れずに標的を貸会議室に連れ込めるってわけ。ここに誘い込めさえすれば、いつもの俺たちの〝やり方〟でヤツを問い詰めることができるんだ。

日取りも決まったし、クリスピーノが暴れた場合も想定して仲間も呼んでおくか。なにせ得点王だからな。中学生リーグだけど。

純ちゃんにマサキさん、ついでにルイが働くF店の常連でもある引き屋の佐野でも呼んでおくか。そう考えながら、純ちゃんのケータイを鳴らす。

「よお、明日、簡単な見張りあるぞ。いくらかになるかもしれないから体空けといてよ」

「リーくん、本物の無職を舐めてんのかよ？　空いてるに決まってんだろ」

無職に本物も偽物もないだろう。そう言いかけた俺だが、今回はモノを頼む立場だ。

喉から出かけた言葉をぬるくなった缶コーヒーで飲み込んだ。

＊

クリスピーノ捕獲作戦当日。相手がガキだからといって油断しないのが俺たちのスタイルなだけに、貸会議室には結構な人数が集合していた。

俺に純ちゃんとマサキさん。引き屋の佐野に依頼人２人と仕掛け人が１名。紅一点のルイは今日もオレンジ系の韓国メイクがよく似合っている。

「こんなにたくさん集まってくれるなんて。なんかドラマみたいでドキドキします。チームですね、私たち！」

なんだかな。女がいると現場が締まらないような気もするが、かわいいから許した。とりあえずクリスピーノをこの部屋にぶっこんでからガチガチに問い詰めるワンチャンス作戦なだけに、事前の打ち合わせはたいして必要ではない。

来るか来ないか、取り逃がしはしないか。現状の焦点はそこだけ。

もしもに備えて店前の道路にも佐野とマサキさんを配置し、ターゲットを待つ。


約束の時間きっかりに、やつは姿を見せた。衆人環視のチェーン系喫茶店だけあって、警戒心もなくのこのこと現れたクリスピーノ。

事前の打ち合わせ通りに仕掛け人が「別部屋に1億置いてある」と誘導する。警戒心もなくのこのことついてくるクリスピーノ。

扉を開けた途端、潜んでいた純ちゃんがいきなり飛びかかって袋をかぶせる。さすがに警戒心を持ってあたふたするクリスピーノ。


手際よくシベリアンヒッチ結びの変化型で手を縛ったあと、袋越しにクリスピーノを問いただした。

「なあ木口、用件わかるよな？　てめえが引き散らかしたゼニの件だよ」

「わかるよなあ！　なあ！」

ゼロヨンのレースでもしているかのように、俺たちのエンジンはすぐにレッドゾーンに入った。この展開なら、クリスピーノがパニックになっているうちに勢いですべてを吐かせてしまう作戦がいい。


こういう時は2つのパターンがある。

・A　投資は自己責任と開き直るやつ
・B　非を認めるは認めるが、時間稼ぎをするやつ

クリスピーノは後者だった。

「お金はすぐ返します。ちょっと先方からの入金がないだけで……。連絡が遅くなったのは本当にすいません、謝ります」

「先方ってなんだよてめえ、ひとり芝居だろうがこのクソガキ」

「本当なんです。今日もこのあと集金があって、リッツにパートナーがいて。取りに行かせていただければ……すぐに……」

なんだこいつは。取っ捕まったらすぐに返すタイプの、まだ金が回っている詐欺師なのか？　こんな簡単に事が解決するなんてあるのだろうか。

「リーくん。こいつ被害者が誰かもまだ言ってないのに、誰に金返すつもりなんだろうね」

表通りの見張りから戻ったマサキさんがニヤニヤしながら耳打ちしてきた。

確かにその通り。相当やってるな、これは。


詐欺師あるあるで、誰からいくらやらかしたのかわからなくなっているパターンだ。櫻田なんかは被害額すべてを把握したうえで言い訳を考えてくる珍しいやつだったが、こいつはやはりまだ若い。

とにかく、返す返させてくださいと連呼していた。

「なあ小僧、ちょっと落ち着けよ。水でも飲めって」

純ちゃんはそう言うと紙袋を少し破いて、クリスピーノの頭に南アルプスの天然水をドボドボと流し込んでいる。

袋の切れ目から怯えた目が覗く。なるほど、ガキのわりにずいぶん濁っていやがる。

「和彦さんとFのルイだよ。本当に２３００万、今日返せるのかよ？　怪しいなあ、お前」

「和彦さん！　和彦さんもいるんですか？　話させてください！」

言い訳でも並べたいのか、依頼人と話をさせてくれと懇願してくるから、そうしてみることにした。依頼人がここにいると認識されるとデメリットもあるが、さすがに警察に走りはしないだろう。

「僕だって、僕だってこんな荒っぽいことしたくなかったんだよ。だけどクリスくん連絡も取れなくなっちゃったから……」

和彦さんも初めてであろうこの状況に困惑しつつ、要所要所で吃《ども》りながらも対話をし始めた。

「ほら、前に話したじゃないですか？　僕の資金を運用してくれている静岡のパートナーの話、和彦さんなら信じてくれますよね？　本当に今日集金あるんです！　そしたらすぐに返せますから。この袋、外してください！」

「そういう人がいる話は聞いたことあるけど、僕はその方とクリスくんのお金のやり取りまでは知りませんよ」

どうする？　とりあえず返す気は見せているものの、その場しのぎの嘘でつないでいるだけのような気もする。

　とはいえ、このまま覆面状態のこいつとにらみ合いをしていてもなにも進みはしない。一度話を聞いてみるか。

　素直すぎて怪しさ１２０点満点だったが、入り口を警戒しつつ、捕縛から解放した。

「まあちょっと落ち着けよ。クリスピーノ。お前さ、いきなりでテンパったと思うけど、バックレてたらいずれこうなるって考えなかったのか？」

「いや！　あの！　本当にバックレてるとかじゃなくて。予定がずれていただけなんです！　今、僕すごく調子がいいし、こういうトラブルもう嫌なので今日中に返しちゃいます！」

　嘘くさいな、こいつ。なんてのはその場の誰もが思っていたことだが、ここまで自信満々に今すぐ返すと言うのなら、リッツで行われる集金とやらに同行してみるしかないか。

「リーくん、こいつ移動の隙に逃げるつもりだぜ？」

　マサキさんはそう耳打ちするが人数的には簡単に逃げ切れる状況ではない。

大声を出して通行人に警察を呼んでもらい揉みくちゃにするか、ホテルで暴れて籠城するかって線も当然あるんだけど、仮に今から1億の集金があるってのがマジなら千載一遇のチャンスを逃すことにもなる。

そのパートナーとやらをこっちに呼べないのかという話をクリスピーノに何度しても、そこは徹底的に拒否。パートナーも後ろめたい金を弄《いじ》っているから、待ち合わせ場所を変更すると警戒して来なくなるかもしれない。イコール、今日返済ができなくなってしまうというのがクリスピーノの言い分だった。

仕方ない。じゃあ行ってみるか。方針が決定するまでの時間はタバコを10本吸うくらいの間。悩んだがここは当初の予定通り、一か八かの出たとこ勝負をしてみるか。

クリスピーノが逃げられないよう、腕を厳重にロックしながら取り囲む。純ちゃんが表通りに回してきた車に俺たちは乗り込んだ。

＊

六本木の高級ホテルに到着した俺たちは、クリスピーノにパートナーとやらを呼び出させた。

待ち合わせ場所の45階のラウンジにはジャジーなピアノの生演奏が響いている。贅が尽くされた空間は、身なりの良さそうな男女で溢れ返っている。その中でポンジ詐欺師を取り囲む俺たちは、明らかに異質な存在に見えるだろう。

エレベーターホールに佐野とマサキさんを配置。俺と純ちゃんはラウンジの離れた席について、パートナーとやらを迎えるためにひとりで座らせたクリスピーノから視線を外さない。

「こっから先は俺たちでやるんで、外で待っててください」

ルイと和彦さんと仕掛け人の社長には、荒っぽい場面になるケースを考えて外で待っていてもらうことにした。


しばらくするとクリスピーノの席に近づいてくる男たちが見えた。しかし、早くも雲行きが怪しい。

拳まで刺青が入った男を先頭に3人の男がラウンジに入ってくる。まだ若い。どう考えても、まともな投資家ではないだろうな。

「あれがクリスピーノのパートナーってやつか？　野郎、どういうつもりなんだ？」

純ちゃんは早くも戦闘モードだが、ここは見守るしかない。

焦っても仕方ないし、せっかくだから景気づけにマティーニを注文した。クリスピーノの話がガセだったら、これから待っているのはトラブル。本当に集金できれば万馬券ってところだな。

しかし、そううまくいくワケもないんだよな。パートナーとやらは立ち上がったり、グラスをテーブルに叩きつけたり。まあ険悪な雰囲気だ。

「リーくん、あれ揉めてるな。うん、普通に揉めてる」

「これはババ引いたっぽいなあ」

いきり立った男たちがクリスピーノを責め立てる。そのうち、ラウンジの外に連れて行かれそうな雰囲気に。こうなるとさすがに声をかけないとまずいか。

「お兄さん隣いい？　俺たちもそいつに用あるんだけど。1億こいつに返すんじゃなかったの？」

刺青男に向かってストレートにぶつけた。すると男は顔を歪めてクリスピーノを一瞥《いちべつ》し、俺たちに事情を説明し始めた。

聞けば、話は真逆だった。1億返すと言われてここに来たとのこと。クリスピーノは言い訳に終始しているが、タダで済むはずがない。

債権者同士をぶつけて現場を混乱させ、その隙に逃げようって魂胆だったんだろうな。

クリスピーノの腹が見えた俺はリーダー格と目した拳まで刺青が入った男と対話を試みるが、これまたエキサイトしてなかなか引かない。

「コイツだけは許せねぇ。悪いけど俺らが連れて行くんで」

ガラは自分たちが持ち帰ると主張してくる始末だ。

債権者同士が1か所に集まると、誰もが人より先に自分のゼニを回収したくなるのは当たり前の話であって、別の債権者とは利益相反の関係になる。

まるで蠱毒《こどく》の壺と化したラウンジに、男たちの怒号が響く。誰の毒が一番強いかを競い合うかのように、毒虫たちが蠢《うごめ》いている。

高級ホテルの静かなラウンジは一転して修羅場になった。

それでもピアノを演奏する男性は鍵盤を叩く指を止めない。この混沌《こんとん》の中でも一切の狂いなくメロディを奏で続けている。

これぞプロだな。俺もかくありたいものだと深く感じ入った。

「ねえ、聞いてます？　俺の話。とにかくうちのが被害額も大きいんだから、こいつ連れて帰らせてもらいますよ」

ピアノの調べに気を取られていると、刺青男は静かな声色だがはっきりと俺に圧をかけてきた。さあ掛け合いの始まりだ。

「いやだからさあ、おたくが本当に金をこいつに貸しているかなんてこっちにはわからねえじゃん。クリスピーノを奪還しに来たグルかもって考えたら、ガラは渡せないって。普通そう考えるでしょ？」

「疑ってるってこと？　じゃあこの写真見てくださいよ。ほら、こいつのサイン付きの借用書」

「だからさあ、このクラスの詐欺師になるとそれすら仕込みの可能性だってあるだろ？　あとから来たんだから引くならそっちが引いとけよ」

純ちゃんと刺青男がヒートアップしている中、クリスピーノは一応怯えた表情をしているが、腹の中はどう考えているのか。目は死んでいない。逃げるチャンスを窺《うかが》っているようにも思える。

この異様な雰囲気に眉をひそめた一般客がホテル側にクレームを入れたのだろう。

俺たちはボーイから、

「お客様の迷惑になるから出て行ってくれ」

と至極真っ当な注意を受けた。そろそろ落としどころを見つけないと、クリスピーノの思惑通りになっちまう。不本意だが、俺は刺青野郎にこんな提案を持ち掛けた。

「じゃあこうしよう。俺たちはこいつの身柄は渡せない。お兄さんらもそうなんだろ？　場所はこっちで用意するから一緒に移動しようぜ。それしかなくないか？」

男たちもこれには渋々了承していざ移動しようとなったが、クリスピーノが席を動こうとしない。

「おいおい、なにやってんだお前。迷惑だからうちの事務所で話すぞ。早く立てって」

「クリスピーノ、お前が俺をここに呼んだんだろ？　とにかくこの人らのところに行って話すしかねえじゃねえかよ」

男もそう捲し立てるが、クリスピーノからすればここが正念場。テコでも椅子から剝がれないといった様子だ。

仕方なく純ちゃんが腕を持って立たせるが今度はフロアの隅の柱にしがみついて動かない。

「行きたくないです！　お金は、お金は……返しますって！」

半狂乱になったクリスピーノの声がピアノの音色に混ざってフロアはさらに騒然となった。そろそろ警察を呼ばれるんじゃないか——先に対処したほうがいいと思った俺はボーイに、

「ラチあかないので迷惑がかからないようにコイツ、担いで持っていきますね」

と無茶な申し出をしたところ、これがまさかのＯＫだった。

「早急に出て行っていただきたい」とだけ告げられた。

高級ホテルは逆の意味ですごい。パトカーに押しかけられてイメージダウンするより、連れ去りを許容してでも他のお客さんに迷惑をかけないほうがいいという判断だったのだろう。

「ぐはっ」

柱の陰でクリスピーノに強烈なボディを入れて静かにさせてから、俺たちはエレ

ベーターホールへと向かった。

＊

「キョロキョロしやがって。ようクリス、お前まだ逃げようとか考えてるんじゃないだろうな」

純ちゃんが言い放った言葉はおそらく図星だった。六本木の中心地にそびえ立つ高級ホテルのラウンジ。エレベーターが来るまでの間も、隙を窺って逃走しようとしていたと思う。

それは左腕担当の俺だけではなく、右側にいる〝バッティング先の男〟も筋肉のこわばりから十分に理解していただろう。

青ざめたクリスピーノを四方から取り囲むようにしてエレベーターに乗り込む。

1階に差し掛かる頃、俺たちはやっとお互いの名前を名乗った。

片桐というらしい。

クリスピーノとは例によって六本木のショークラブで知り合ったとのことだが、

片桐の場合は別にこいつの与太話を信用して金を預けたわけではなく、ポンジと知りつつ自分なら切り取れると踏んで金を投げていたそうだ。

今までも支払いが滞るたびに脅してすかして、何回か資金を回転させてきたがそこはやはり自転車操業。クリスピーノは片桐に支払う金にも困っているようで、俺たちをぶつけたというわけ。

「よう、クリス。絶体絶命だな。お前、天皇陛下の資産運用してるんだろ？　ピンチを助けに自衛隊でも出張ってくるのかな」

純ちゃんが軽口を叩いたその時、やつが動いた。決死の抵抗に打って出たんだ。

「僕をどこに連れていくつもりなんですかぁ！　嫌だ嫌だ嫌だぁ！」

駐車場にクリスピーノの絶叫が響き渡る。


車に積まれたらもう終わり――ライフゲージにリーチがかかっている、とこいつは肌で感じただろうから、往生際も悪くなるというものだ。

俺たちは金の奪還が最優先だし、間違っても殺すことなんてない。こんなこまい案件で刑事事件になるのも勘弁だから、本音では緩やかな着地を希望していた。

ただ、確かにそういう温度だけは全力で出していた。

「自分で歩きますって！　降ろしてください！　僕を降ろしてください！」

「だめだよ、てめえさっきダッシュしようとしただろうが」

半狂乱で暴れだすクリスピーノ。仕方ないので四肢をみんなで担ぎ上げ、胴上げのような格好で車まで連れて行こうとしたんだが、体を急激にエビ反ってみたり、伸ばしてみたり。どうにかして地面に降りようとしやがる。

「お前、落ち着けって。人目もあるだろうが」

試しに一度降ろしてみたら、やっぱり走ろうとする。

サッカーをやっていただけあって、右にダッシュしようと見せかけてからの左、からのやっぱり右みたいな華麗なフェイントを仕掛けて来たが、純ちゃんの足払いが綺麗に入って転倒。

地を這《は》いつくばるクリスピーノを多勢に無勢で取り囲み、強引に車に押し込む。警備員さんに見られたが、まさかの注意なし。酔っぱらいの一団だとは思わないだろうから、本当に出て行ってほしかったホテル側から、なんらかの指示があったのか。

車には片桐サイドからひとり乗って、俺たちはやっと港区を出られることになった。クリスピーノは後部座席でサンドイッチにされて、しなびたレタスみたいに落ち込んだ顔をしてやがる。

「おいよお、今どんな気持ちだ？　さっきのフェイントが決まってたら、どこに逃げるつもりだったんだ？　あのロシアンルーレットはなかなかだったぜ。俺には通用しないけど」

純ちゃんはレタス野郎にマウントを取るよう語りかけていたが、それを言うならマルセイユルーレットだろう。指摘しようと思ったが、空気を読んでやめてあげた。そもそもバカが多いから、間違いに誰も気づいていない。

車の移動先は、知り合いの格闘技ジムだった。もうたくさんの防犯カメラに写ってしまった以上、いつものカラオケに連れ込むのも寒い。

それと今回は謎のバッティング先までいるから、俺の事務所に連れ込むわけにもいかない。仕方なしに決めた緊急避難先だった。外で待たせていたルイと和彦さんには、「ここからまだ長くなりそうだから、今日は一旦、お開きにしよう」と断りを入れた。

ようやく人目を気にせず詐欺師と向き合える空間にたどり着いた。ここまで来れば、あとはもう詰めるだけ詰めて、有り金がどれだけ残っているかという話だ。


が、ここでひとつトラブルが起こる。

「いい加減なこと抜かしやがって！　お前だけは許さねえ！」

突如激昂《げきこう》した片桐がフルスイングでクリスピーノをぶっ飛ばしてしまったんだよな。

原因はマサキさんのささやきだ。

「片桐さん、片桐さん。クリスピーノがあなたのこと、冷たいのいってるポン中って言ってましたよ」

親指で注射器を押す仕草を添えて、本当は聞いてもいない話を片桐にチンコロしたんだ。


まぁ図星だったんだろうな。カッとなった片桐がクリスピーノの横っ面に拳をめり込ませたもんだから、お寒い話だよ。

個室に入れて開幕。これは悪手でしかない。監禁傷害が付きかねない事案になってしまう。

片桐は別グループではある。しかしドアは閉じられていて俺たちも同じ空間にいるわけよ。

「警察に走られたら寒いな」

純ちゃんと目を合わせた時、同じことを考えていたのが表情を見てよくわかった。

しかし、それを察知されてはクリスピーノに強気に出られてしまうし、これはもう仕方ないか。競艇のスタートさながら、ここで勝負を決めるとばかりに強気に握り込んでいくしかない。

片桐の鉄拳制裁は確かにフライングだったが、この業界でそれに対するペナルティと言えばデコかケツが出てくるかしかないわけで、まだどうなるかわからない以上は引いたほうが負けだ。

「なあ、クリス。一応これ書いておけよ」

思案を巡らせていると、純ちゃんがクリスピーノに紙とペンを差しだして、なにかを書かせようとしている。

「ほらこれ。この文章と同じようにお前の字で書こうな。日付も忘れずに入れるんだぞ」

紙には〝スパーリング同意書〟と書いてあった。

「リーくん、俺これでセーフになったことあるんだ。大丈夫っしょ」

ニヤニヤしながら純ちゃんは俺に耳打ちしてきた。どう考えても強要して書かせたように見えるこの紙切れに、本当に価値があるのだろうか。


片桐はクリスピーノにｉＰｈｏｎｅの画面ロックを解除させてＬＩＮＥやＳＭＳをチェックし始め、マサキさんと佐野はバッグの中身を物色中。

クリスピーノが震えた手で同意書を書き写している横で、純ちゃんは無邪気にパンチングボールで遊んでいた。

この稀に見る異空間で吸うタバコは、なぜだか青春の味がしたんだ。

＊

思いつきでポンジに手を染めるようなタイプのバカ、それが木口クリスピーノ。

悪いことをしているって自覚がまるでないんだろうな。投資話の内容が嘘でも、資金繰りが自転車操業でも、その危うい車輪が回り続けている間は「自分は詐欺をしている」という自覚が一切ない。

だいたい計画的にやるなら証拠を残さないよう、通信アプリひとつにしても工夫するものだ。だがこいつにはそれすらない。堂々とＬＩＮＥで各方面と連絡を取っていたのもその証左だろう。

クリスピーノのＬＩＮＥは宝の山だった。女とのくだらないやり取りから被害者らしき連中とのやり取りまですべてのメッセージを丁寧に確認していくと、驚くべき事実がわかった。

「なあ、お前さ。もしかして金の管理、家族にやらせてんの？　このママってこれ……母親か？」

この数時間、クリスピーノの安否を心配するようにメッセージを連打してくる相手のアカウントには〝ママ〟と書いてある。

『大丈夫？　クリ、ちゃんと集金できたの？』

『クリスが金持ちすぎて狙ってる悪いやつもいるから本当に気をつけてね！』

『どうかな？　もう集金終わった？　ママ心配だよ』

『気づいたらすぐ連絡してー!!』


こんなメッセージが雪崩のように打たれてくる。既読をつけるとすぐに〝ママ〟からの着信が入った。

「打ち合わせ中だから、あとですぐ折り返すって言え」

純ちゃんにそう言われたクリスピーノはその通りに対応したが、スピーカー越しのママは少々勘繰っている様子。

「お前の親やばくねえ？　これ、詐欺して集めた金ってわかってせびってきてんのか？」

さらにＬＩＮＥを読み込んでいくと、ママが高いブランド品をねだるメッセージが散見された。

『クリス〜！　ママが来月誕生日なの知ってるでしょ？　ベンツの約束忘れてな

いよね』

『クリ〜！　ママばっかりお金もらってパパがやきもち焼いてるから次はパパにもあげてね！』

こんなやり取りが複数あり、クリスピーノも期待に応えるように騙し取った金を家族に還元していた。醜悪だったのは、見せびらかすように札束のレンガを3つ手に持ってママに写真を送ったクリスに対しての返答だ。

『クリは本当にすごいね！　ママ、それ1つくらい手にしてみたいな。どんな気持ちになるカナ？』

「万引き家族」って映画があったが、こいつの場合、万引き家族もドン引きの詐欺家族ってなもん。

親も親で、嬉々としてクリスピーノに集金の予定を聞いたり、カネカネうるさいんだ。

このママはなにかまずいことが起きた場合、金は自分が責任持って隠すと主張する記述まであるから呆れてモノも言えない。もう共犯と言ってもよさそうなレベル。

純ちゃんがその点をクリスピーノに問いただすと、青白い顔してやつはこう答えた。

「親は……ママは詐欺のお金だって知りません。っていうか、僕は詐欺してません。本当に違うんです！」

「テンプラ話で金引いて飛んでるんだから、詐欺だろうが！」

「いえ、飛んだりはしてません！　本当に忙しかっただけで……」

一貫して詐欺ではないと主張するクリスピーノ。でも、被害者を前にその言いぐさはないよな。

「この小僧、やっぱり許せねえ」

よくわからない言い訳に逆上した片桐が、またぶん殴りそうになった。それをなんとかなだめながら、俺たちはクリスピーノの頭に紙袋を被せた。

五感のひとつを奪うと、人間は不安になっておしゃべりマシーンになる。その瞬間は何度も見てきた。

紙袋を被せられたクリスピーノはこちらの質問にようやく答えるようになったん

だ。

「自分も上に騙されたんです」

「自分がポンジ話を考えて金を騙し取ろうとしたのではないんです。落ち度があるとすれば、ネタ元の話を確認せずに人から金を集めてしまったことで……」

これも〝詐欺師あるある辞典〟の最初のページに書かれてるくらい典型的な言い訳。「僕も被害者なんです路線」だ。

「その理屈なら、どうして詐欺ってわかったあとにてめえだけ高い買い物してんだよ？　西麻布のエルメス専門店でバーキン予約しちゃってるじゃん、お前。ＬＩＮＥ見てると、どんどん出てくるなあ？」

「それは……来週大きなお金が入ってくる予定があるので先食いしただけで……あの……」

言い訳もしどろもどろだが、詐欺とわかって金集めをしていたとはどうしても言いたくないらしい。

「お前さ。女を孕《はら》ませて飛びまくってるな。家族には金配るくせにこういうの対応しねえの？」

インスタのＤＭに、クリスピーノに妊娠させられて飛ばれた女たちの悲痛なメッセージがあるのを純ちゃんが発見した。こいつに股を開く女もどうかと思うが、金にも女にもだらしない、ずいぶん外道《げどう》な小僧だよ。

「嘘だろ、お前。嫁と子供いるのかよ！」

福岡にタワーマンションを借りて、そこに妻と産まれたばかりの子供を住まわせていることもＬＩＮＥの履歴から発覚した。

やり取りを見るにこの嫁もクリスピーノが持ってくる金がまずいものと認識していたのは間違いなさそう。

インスタグラムに飲んでいる場所を投稿する時は必ず時差を設けたほうがいいだの、狙われているかもしれないから現金は持ち歩かずに全部家に置けだの。細かく注意しているから、黒い金だと知らなかったは通らないだろう。

『子供も産まれたんだから、お金はクリスの実家ばかりじゃなくてこっちにメインに運んで！　ママにはあげすぎないほうがいいよ』

そんなメッセージも見つけた。あっちも詐欺家族ならこっちも詐欺家族だ。

騙し取った金を自分に渡せ自分に渡せと主張し合っている醜悪な様は、まるで画面越しから腐った臭いがするかのよう。おぞましいにもほどがある。

親鳥はひとかえりのヒナの中から餌を与えるべきヒナを決める時、ヒナからの餌の必要性を伝えるシグナルに応答して、一番強く求めるヒナに優先して与えるらしい。

こいつも似たようなものなのかもしれない。強欲な家族から金を寄越せというシグナルを受信して、餌を探しに六本木の夜を徘徊する。

ショークラブやキャバクラに張り巡らされた蜘蛛《くも》の巣は、金欲で目が曇った人間にはなかなか見えないもので、クリスピーノはそれを捕食して家族の元へと運ぶのだ。金の奴隷でありながら、家族の奴隷でもある。

なあクリス、お前はどうしてそこまで金を追い求めるのか。

紙袋越しに右フックをお見舞いした俺は静かに口を開いた。

「お前んち、今から集金に行くぞ」

＊

「僕の家に行くって……福岡にですか？　実家ですか？」

こちらの顔色を窺うように、クリスピーノの口が開いた。

「そうだ。どっちにいくらあるんだ？　多いほうから行くぞ」

そうは言ったものの、だ。こいつの実家は神奈川だから近いとはいえ、金庫番のママは相当勘繰っている。もしもの時の合言葉を決めていてもおかしくない。

福岡まで行くのはさすがにナンセンス。いつ逃走するかわからない詐欺師との長旅なんかごめんだから、金の在り処《あかか》を吐かせておつかいを飛ばすのが正解だろうな。

「博多ならすぐ動ける仲間いるよ。リーくん、いくらかつけれるよな？　そいつにお願いしようよ」

全国に謎のネットワークを張り巡らせる純ちゃんが手際よく中洲のサパーの店員に話をつけてくれた。となると、あとはいかにクリスピーノの嫁に怪しまれないよう現金や金目の物を運び出すかだ。
「おい、クリス。てめえも考えてみろよ？　フカシ話は得意だろ。電話した時に良からぬことを考えないようにな。余計なことを口にしたらこれだから」
ポケットからハサミを取り出した片桐は、クリスピーノの目の前でチョキチョキと音で恫喝《どうかつ》している。

ハサミを常に持ち歩くようなやつとは仲良くなれなさそうだなと俺は思ったが、今は共闘しないといけないのが辛いところ。
話し合った結果、こんな作戦で嫁にアタックしてみることになった。

中洲に今いる取引先とアポイントがあったけど失念して東京に来てしまった。確実に儲かる案件を振ってもらったから現金をその人に渡したい。けど今から移動するのでは間に合わない。なので今、家にある現金を後輩に取りに行かせるから渡してほしい――。

「振り込め詐欺の中継してるみてえだな、これって。良い気はしないが、やってみるか」

緊張に包まれた中、クリスピーノが嫁に電話をする。大事な場面だからあえてスピーカー通話にはしない。周りの雑音で異変を察知する可能性もあるからだ。こんな場面でいつだって俺はそうしてきた。誰に教わったわけでもない真理ってやつだ。

「もしもし、俺。クリス。ちょっとお願いがあって……」

純ちゃんがクリスピーノに顔をぴったり寄せ、受話音声を聞き逃さないように張り付く。途中、謎のハンドサインを送ってくる。

5分くらい話すと、指で丸をつくって笑顔になった。大丈夫そうって意味だろうな。

「じゃあ、後輩が下に着いたらまた電話するね」

そう言ってクリスピーノは嫁との通話を切った。ここまでくると話は早かった。純ちゃんの先から「2000万が入った靴の空き箱を回収した」との連絡が入る。写真も送られてきてようやくひと安心だ。

こっちが依頼を受けているのは合計2300万だから、これだけあればもう、捲ったも同然。

問題は片桐だ。ここまで分配について取り決めをせずに一緒に動いていたが、現金が手に載った以上は話をしなくてはならない。

純ちゃんが願望丸出しで畳み掛けた。

「片桐さんらって1億いかれてるんでしょ？　こんなの分けたところで焼け石に水で大変そうですね」

「俺らもあと300万、足りてないしなあ。どう？　俺たちはこの2000万とこいつが持ってるロレックスだけでいいから、今日は花持たせてもらう。代わりにこいつの身柄はそちらさんに渡すっていうのは」

感触は意外に悪くない。片桐らはクリスピーノと共通の人間関係も多く、その気になればまだまだ金を引かせる自信があるらしい。

ポンジとわかりつつも、結果的に利益を出しているという過信もあったんじゃないかと思う。片桐は見た感じまだ若いし、腹八分目を知らないというか、頭から尻尾まで取ろうとして失敗した苦い経験がなかったのかもしれない。

「なあクリス。まだ実家にいくらか置いてるんだろ？　お前のことを信じてる客もいるよな。俺たちはここで引くけど、片桐くんのやつもちゃんと最後までやるんだぞ」

純ちゃんはもう既成事実かのようにクリスピーノに凄みだしている。一刻も早くここから撤収したい俺もこの茶番に便乗する。

「とりあえず、これでルイと和彦さんの分は完済って形でいいよ。デコにも走らせねえから、片桐くんのやつ気合い入れて集めろって」

ここまでの金品はすべて俺たち。ここからの身柄は片桐。圧倒的に俺たちに優位な着地点はもう、すぐそこだ。

「片桐さん、もしよかったらシグナル交換しませんか？　こいつが逃げたりしたら、いくらでも協力するんで。それとこのあと、こいつ連れて行く先ってあります？　いいカラオケありますよ」

仲間感を出す純ちゃんに悪い気がしなかったのか、明確に口には出さないものの片桐はもう俺たちの提案を受け入れたような感じ。その間に灰皿の中身をゴミ箱に捨てたりペットボトルを片づけたりと、俺ももう野面《のづら》で帰る準備。このままクリスピーノの身柄を渡しておさらばすればもう大丈夫だ。

外に出る時、恩着せがましく見張りの手伝いをするのも計算ずく。両サイドから腕をロックして片桐の迎えの車まで連行した。

「じゃあ片桐さん、なんかあったら連絡くださいね！」

「はい、純さんもリーさんも本当ありがとうございます」

身なりはアレだけど、根っこがいいやつなのかもしれない。

金もブツもこっちが全取りなのに身柄を渡しただけでこちらが良いことをしたかのような別れ方だ。


しかしすべての嘘がめくれたら、クリスピーノと片桐の関係は今まで通りにはいかないだろう。

これまでは信じたフリをしながら暗黙の了解でポンジをさせていた片桐も、これからはその暴力性を剝《む》き出しにした付き合い方をするはずで、もうクリスピーノの言い訳は聞いてもらえないはずだ。

いつどこで誰から集金するだの配当がもらえるからだのって時間稼ぎはもう使えない。グルグル巻きにされて〝理由は問わず金を持ってこないと解放しない〟という付き合い方になるのは確実だろう。

ふたつの家族にせっせと餌を運んでいた親鳥は、これからは捕食者にだけ金を運ぶようになって、最後はその身ごと食われるだけだ。

深い時間に純ちゃんたちと別れた俺は寄り道もせず帰路についた。「アドレナリンが出て眠れない夜にはCBDがいい」って知り合いの不良が言ってたのを思い出して試してみたものの、まったく効果がない。台所にあったタリスカーをラッパ飲みしてベッドに身体を預け、ぽかんと窓の外を見た。

確か、月はまん丸でデカかった気がするよ。ふと写真でも撮りたいなと思ってスマホのカメラを向けてみたが、どういう原理なのか目で見えているような風景が撮れない。ぼやけちまうんだよな。それでも久しぶりの綺麗な月を忘れたくなくて、俺はそいつを目に焼き付けることにした。

月はいい。太陽がいないと輝けないが、きらきらした連中が眠ったあとにはそれを反射して、照らし返す光を見せてくれる。毎日その形を変えながら、小さかったり大きかったり、消えそうに儚い色彩だったりを強く主張をしていたり。

でも、こうやってカメラに収められないように、その美しい光は決して掴むことができない。遠くに見えたり近くに見えたり、なまじ手に入れられそうな気がしちまうからタチが悪いんだ。

「そりゃ騙されるやつも後を絶たないぜ」

窓越しの月に向かって独り言をつぶやいていたら、いつのまにか寝ていたらしい。起きたら点けっぱなしのテレビから安っぽい昼ドラが流れていた。

飛鳥クリニックは今日も雨

疲れて寝落ちした事務所のソファーが固いせいか、珍しく早く起きた水曜日の朝。雨が窓を叩いていたから二度寝を決め込もうとしたが、どうにも喉が渇くもんだから仕方なく体を起こしてキッチンまで歩いた。

雨の日の二度寝は心地が良い。

一定のリズムはあるものの決して規則的ではない雨音の独特の揺れを「1／fゆらぎ」と呼ぶが、ヒトの生体リズムとこいつが互いに呼応し合うのだ。

ジョイントの1本でもあれば雨音のホワイトノイズの中からさらにハイパーソニック、つまり高周波を聞き取りやすくなって、脳がα波を発している様を感じ取ることもできる。

いや、そんな気がするだけか。まあそんな気がするだけにしてもだ。人生において“そんな気がする”ってことは大事なんだよ。

恋愛にしたってそう。本当にこいつを愛しているのか、それとも、そんな気がしているだけなのか。仕事も学校もそうだろ？　感覚的なものじゃなくて、科学的根拠や確信を持ってそいつを選んでいるって人間が一体どれだけいるのか。

窓を開けると、雨の匂いがした。この独特な匂いは「ペトリコール」と言うらしい。

なんだかくせえけど、この匂いを嗅ぐと昔の女を思い出すことがある。それは遠い昔の記憶。戻らない過去の話だ。

あの頃の俺は——恋だの愛だのなんて言う前に、なにかに追い詰められながら、生き急いでいた。

とにかく金がほしかった。人に言えないシノギをしてでも、ゼロの数がひとつ、ふたつって増えれば増えるだけ嬉しかったんだ。そうすることで安心したかったんだろうな。競馬でも下級条件によくいるだろ？　前半はやけに威勢よく飛ばすけど、終いに垂れちまう逃げ馬。それがあの頃の俺だ。

そんな俺に、あいつはよく「そんなに急いでどこ行くの？」なんて交通安全運動の標語みたいなことを言って笑っていた。それはこっちの台詞だぜ？　あれだけ生き急いでいた俺よりも先にいっちまうなんてさ。

あれからもう何年も経つ。けど、今でも俺は悔やんでいる。あの頃の俺はなにからなにまで言い訳ばかり。一丁前にセックスだけはするくせに、終わったら終わったで「眠い」だなんだと理由をつけて、お洒落なレストランひとつ連れて行ってやれなかった。

明日のことなんか誰にもわかりゃしないのに、「そのうちお前を幸せにしてやればいい」なんて軽く考えていたんだろうな。

あいつはもういなくて、けれども俺は生きている。ふと思い出しては、答え合わせをしたくなるんだ。俺は本当にあいつを愛していたのだろうか。それとも、まだ駆け出しだった小僧がそんな気になっていただけだったのか――。

そんなことをぼんやりと考えながら明治ブルガリアヨーグルトをスプーンで掬っていると、すっかり目が覚めていた。こいつにブルーベリー味以外の選択肢はない。まあそれも〝そんな気がする〟ってだけなのかもしれないな。

「あいつ起きてるかな」

ケータイに目を落とした俺は、独りごちた。ポンジ詐欺師からのキリトリを依頼してきたホステスのルイだ。

ハメ呼びからまさかの利益相反者とのバッティングと波乱はあったが、結果を見れば昨日のシノギは上々。長かった夜の手取りはそれなりに高くついてもらわないと毎回こんなことはやってられない。

クリスピーノから回収した金を渡したくてルイにＬＩＮＥをしたものの、返信は来ない。まあ向こうも夜の住人だ。さすがにこの時間には起きていないか。

もう片方の依頼人、和彦さんから先に用事を済ますことにした。こっちもなんの仕事をしているのかよくわからない男だったがすんなり電話に出る。

「昨日はお疲れ様でした。福岡で回収した現金が正午には届きます。どうしますか？」

「ありがとうございます。振り込みは具合よくないですよね？　そしたら、リーさんの事務所まで伺おうかと思います」

「こんな気持ち悪い金、口座にいれたくないですよね。わかりました。手数料ひいた分、袋に詰めておきます。お待ちしてますよ」

和彦さんの被害額は２０００万、そこから３割もらって６００万が上がり。ルイの３００万と合わせて２３００万に対して、現金は２０００万しか切り取れていないが、ルイに２１０万を詰めても３９０万は上がる。

ついでに足りない分を代物弁済させたロレックスがネットの相場を見た感じ６００万は下らない。やっぱり上々と言っていい部類だ。


ルイの返信もないし、和彦さんが来るまでまだ時間もある。さて、新しい仕事の依頼は来ないものか。コーヒーを口にしながら、一応の日課であるメールチェックをしてみた。が、やっぱり来ていない。


届け出こそしているとはいえ、荒事やスレスレの案件ばかりこなす探偵事務所なんて、縁故以外で客が来ることはあまりない。むろん、ＳＮＳで客を拾うケースもなくはない。それでも純ちゃんやマサキさんみたいな周りの人間が厄ネタと言っていいようなトラブルを持ち込むことのほうが圧倒的に多いか。

あとは客が客を紹介してくるパターンだな。今回で言うと愛梨がルイを連れてきたみたいに、だ。

ルイに送ったLINEの既読はまだつかない。

昨夜酒を飲んでいる時は「手数料なんかいらねえから、高い鮨屋にでも行こうぜ」って言うつもりだったんだけど、改めてインスタグラムを見ていると90万をもらうのが正解なような気もしてきた。

平和島デートは楽しかったが夜景マジックもあったのかもしれないな。このコは完全にストライク。〝そんな気がしていた〟のだが。

ルイへの対応を思案していると、インターフォンが鳴った。純ちゃんの後輩が金を届けにきたんだ。

「ご苦労さん。はい、これ交通費な」

純ちゃんにはどうせタダでこき使われてるんだろうから、2万円を指で挟んでくれてやると、嬉しそうに去っていった。

1本、2本、3本。チェーンスモーカーの俺は立て続けにタバコを吸い続けていると、和彦さんが姿を見せた。深々と頭を下げて礼を言ってくれるけど、ありがとうはこっちの台詞だよ。一時はどうなることかと思ったが、意外とチョロい仕事だったからな。

「また困ったことでもあったら、気軽に連絡してくださいね」

笑顔は未来への種まき。営業スマイルをかました俺は、丁寧に和彦さんを送り出した。

ルイはもう今度でいいや。夜になれば起きるだろう。

『お金、手元に届いてるから。起きたら連絡してね』

文末には笑顔マークの絵文字を置いてみようか。会ってみたらやっぱりタイプかもしれないし、ここで冷たい雰囲気を出すのは悪手だ。そんな理由から、どの笑顔マークにするのか数分ほど悩んだ小さい俺がいた。悩んだ結果、猫の笑顔マークにした。

猫を嫌いな女はいないって持論からもこれがベストな選択のはずだし、この俺が猫絵文字っていうギャップもアリなはず。

外を見ると雨が止んでいる。タバコをふかして黄昏《たそがれ》ていると、勢いよくドアノブをガチャガチャ回す音がした。

「リーくん、鍵開けて！　やばいの来た。やばいの来たぞ」

扉を開けると、いくらか顔色の悪い純ちゃんがいた。

「なんだよお前。寝てねえの？　やばいってどうしたんだよ。ついに札でも出ちゃったのか？」

「違うって！　そんなんじゃない。いい話っちゃいい話なんだ。どこから話そうかな、とりあえずやばいことになったんだ。トー横あるだろ？　そこでさ……」

早口で捲し立てる純ちゃんの滑舌は異常に悪い。

「おい、落ち着けって。ゆっくり話せよ。トー横ってあれだろ？　家出少女が処方箋ドラッグでラリって、ウリやったり、挙げ句、飛び降り自殺するっていう……」

歌舞伎町にある映画館「ＴＯＨＯシネマズ」横の通り、通称〝トー横〟界隈に端を発する事件を純ちゃんが持ち込んできた。

長雨が続く初秋の候。俺の人生でも指折りの厄ネタに連なる案件を、頼りない相棒は掴んできたんだ。

＊

「バカだなあお前、天気予報、雨だったろ？　純ちゃん、半袖はちょっと世の中舐めすぎだって」

月初には30℃もあって秋の訪れなんて微塵も感じなかったってのに、この週末に降っていた雨の影響で気温が一気に下がった。一日の最高気温が20℃を切ったこの日、純ちゃんはTシャツ1枚にいつもの金のネックレスを首にぶら下げて事務所に来たんだ。

「そんなことより、昨日のヤマが終わったあと、飲んじゃってさ。ウイスキー舐めながらSNS見ていたんだよ」

見ているだけでこっちまで寒くなってきそうな出で立ちだが、純ちゃんは興奮した様子で事の顛末《てんまつ》を話し始めた。

そもそもこいつは承認欲求が無駄に強めで、クラブで飲んだ高級ボトルの写真や有名嬢とのツーショット、高級時計なんかをSNSにアップしたがる典型的なタイプでもある。

しかし、どんなに金遣いが派手だったとしても所詮はプータローの事件屋。これといった正業もなければ肩書なんてもちろんない。

とはいえプロフィール欄に無職なんて書けないもんだから、純ちゃんは「よろずなんでも相談所」とか書いてるわけ。

そんな純ちゃんの所作を小馬鹿にしている俺だけど、なんだかんだこの怪しいアカウントから仕事を拾ってくるのも事実。

素性のわからない匿名アカウントにわざわざ相談するってことは、リアルで頼れる人間がいないと推察できる。そして、そういう人間は大概金払いもいい。

「なんか人探しの相談がＤＭで来てさ。依頼主がフォロワー０の捨て垢で、冷やかし感満載だったんだ。俺、酔ってたもんだから気が大きくなっててさあ。『依頼は受けるけど、前金５００万だ』って返事したんだ。そしたら……」

わかりました。と、すぐに返信が来たらしい。

振り込み先の口座を聞かれたもんだから、さすがに純ちゃんも勘繰った。

敵対グループのトラップで、口座を教えたら振り込め詐欺口座として凍結する嫌がらせなんじゃないか――とか。

「ＤＭでやりとりしただけで５００万払うなんて、そんな話あるわけねえだろって思ったんだけど、酔ってたからかなあ。後輩の先に板借りて教えてみたの」

「で、入ったってことか」

「そうなんだよ。それが気持ち悪くて。リーくん、これってなんの金なんだろう？　俺やばいかな？　板の持ち主まあまあ近いんだよ」

純ちゃんがそう言うのもわかる。この500万は複数の名義から6件に分けて振り込まれており、この時点で尋常ではない。

そしてこの依頼人という男のダイレクトメールがもうひどい。純ちゃんのスマホを見せてもらうと、こんな調子だった。


〈最重要案件　すぐに見てください。時間がないです〉

〈突然のDM失礼します。救ってほしいコたちがいます。依頼料は私が支払うので、彼女たちの力になってくれませんか？〉

〈彼女たちが安全に私と会える形を作ってほしい。すでに人が1人死んでいるんです。このままでは新しい犠牲者が出てしまう。彼女たちの集団自殺を止めないと。警察ですら黙認している〉

〈報酬は言い値で構いません。指定しづらければ、昨年の年収を教えてください〉

妄想に取り憑《つ》かれてしまったような、勘繰りが螺旋《らせん》を巻いたような内容だったんだ。しかも、依頼人の名前は〝パピーパパ〟だという。純ちゃんがふっかけたくなる気持ちもわかる。パピーパパに、純ちゃんはこんな返事を送っていた。

〈お前、うさんくさいな。手付金いれてから物言えよ。500万振り込んでみろって。これ、後輩の口座。ここにいれてみろよ？〉

〈わかりました、そのようにします。少々お待ちください〉

〈どうせフカシだろ。お前みたいなの、ロクな死に方しないぞ〉

〈とりあえず有り金振り込みました。足りてない25万円は明日中に振り込みます。できなければ、遅延損害金40万円をお支払いします〉

〈はいはい〉

〈入金終わりました。こちら、スクショになります。依頼内容について、一度お話させてください〉

〈了解です。この度はご依頼ありがとうございます〉

これが昨夜のやり取りのすべてだ。金が振り込まれた瞬間態度が豹変しているのがみっともない。

「なるほどなあ。これ純ちゃん、まともなやつではないぞ」

「精神疾患のある人から巻き上げちゃったみたいになりそうでさ。なんか寒い感じする」

「そう思うなら、返しちゃえばいいだけじゃん。まともじゃねえよこれ。デコが集団自殺を黙認してるとか、ぶっ飛びすぎだろ」

「リーくんもそう思うか」


話はそれで終わったはずが、純ちゃんは黙りながら上目遣いで俺を見てくる。

「でもさあ、500万だぜ？　俺、俺……返したくないよ！　リーくん知恵貸して！　頼むよお」

「やだよこんなの。気味が悪すぎだろ。それに妄想の調査なんかしても出口ないぜ？　解決なんかできねえよ。思い込みなんだから」

「ひらめいた。こっちは妄想だなんてわからなかったって言えばいいんだ。パピーパパのオーダーを全部こなしてあげれば仕事はしたことになるだろ？　それにこういう怪しい依頼でも受けてやるのが俺たちじゃん」

「俺たち？　お前は事件屋、俺は探偵。〝俺たち〟ってくくってんなよ」

守銭奴と化した純ちゃんのしつこさといったらなかった。どうしてもこの500

万を返したくないようだ。

「わかったわかった。でもやるなら本気で形は作るぜ。純ちゃんも手伝うだろ？」

まあ建前ってやつだな。こんな事件が事務所の目と鼻の先で実際に起きているなら少なからず噂になるし、それが耳に入らないほど俺のアンテナは低くない。

トー横なあ。ガキ同士のトラブルは頻発していても大人が介入するメリットは一切ないエリアだ。

あそこから歩いて1分以内のところには本筋のヤクザの事務所があってさ、それなのにガキらが薬物いじくったり売春あっせん組織を作っていたりする。コマ劇があった頃にもここらには援デリグループが散見されていたが、みんなカスリを取られていた。

ただどこまで行ってもこの街の裏は不良が一番知っている。そういう街な以上は仕方ない。

「トー横ったら、山上さんの事務所からすぐだな。会いに行くか」

歌舞伎町にある組で長く役付きをやっている山上さんにアポイントを取った。とにかく耳の早いタイプのヤクザで、庭場《にわば》の出来事ならだいたい知っている。

西武新宿駅前通りでタクシーを降りると、純ちゃんが腹が減ったというので職安通り沿いの富士そばに入った。調子に乗ってトッピングした紅生姜天からにじみ出る脂が、ハードな夜を過ごした胃にもたれる。

「ごちそうさん」

ハローワーク行きのうつむき加減のオッサンと、日本語学校帰りの外国人の間をすり抜けながら、爪楊枝《つまようじ》を咥《くわ》えて雑踏の中を歩く。さながら夏休みの自由研究といったところか。

フィールドワークは歌舞伎町の深部。酸素と窒素、二酸化炭素に嫌な予感がバランスよく混じっているここの空気を吸い込み、俺と純ちゃんは歩を進めた。

＊

日が傾いた夕方の歌舞伎町。トー横近くまで純ちゃんと出張《でば》ると、噂通り結構な数のキッズがたむろしていた。その隙間を埋めるように鳩とカラスとドブネズミ、それにポン中みたいなのが少々。

「リーくん、見てよ。顔面ピアスに変な色の頭したのがうじゃうじゃいる。着ぐるみ着たやつまでいるじゃんか」

不思議そうな顔をしてトー横キッズを眺める相方を尻目に、俺は喫茶店に歩を進め、分厚いガラス製のドアを押した。待っているのはカタギではない。歌舞伎町でも指折りの武闘派組織として知られる唐仁組の幹部だ。

「社長〜。ずいぶんご無沙汰じゃないですか？　またコソコソひとりで儲けてるんでしょう」

開口一番、山上さんから飛んできたセリフはこんな調子だった。

「社長だなんて。相変わらずその日暮らしみたいなもんですよ」

はぐらかそうにも、そう簡単には逃してくれない。

「そのデイトナ、６００万くらいするモデルでしょ？　いっつも俺を除《の》け者にするんだから、リーくんは」

「ああ、これはその……」

前に代物弁済させたクリスピーノの時計をしてきたのを忘れていた。長袖なのにめざとい人だ。

相手のペースにのまれてはいけない。本題に入るよう水を向けた。

「わざわざお呼びだてしたのはトー横キッズのことなんですよ。人探しを頼まれちゃって」

「トー横？　妙な髪の色した子供らが集まって毎晩騒いどるなあ。ふん。こっちはいい迷惑ですわ」

山上さんは音を立ててレモンティーをすすりながら、憤った様子で応じてくれた。

「連中ねえ、ウリの斡旋までやりはじめてるのよ。処方箋ドラッグを捌《さば》いてみたり。でもどこまで行っても未成年のグループでしょ？　カスリでも取ろうもんならこっちが寒いし、どうしたもんかなって頭抱えてますわ」

「いつだったかな。出会い系サイトが流行ってた頃、山上さんコマ劇の援デリグループから軒並みカスリ取って儲けてませんでした？」

「違う違う。あれらは未成年をたくさん使ってたけど元締めは今風に言うと半グレ。そういう筋をわかってる頭がいたのよ。ところがトー横の連中はガキが個々にやっとるから。怖くて触れないのよ」

「じゃあ、実質野放しってことなんですか？」

トー横はまさに山上さんが所属する唐仁組の目と鼻の先。あんなにも目障りな集団を黙認するとは思えない。

「煽るなあ、リーくん。言ってることはわかるけど、あんな未成年をどうこうしたら上まで引っ張られてしまうわ。恥ずかしいニュースになるだろうよ。シノギも順調なのに、ガキらの掃除で若い衆を懲役行かすのもねえ」

「そういう事情もあるんですね。でもあそこって人死んでないですか？　自殺スポットみたいにネットで書かれてましたけど」

「酒と安定剤は相性悪いからねえ。裏を返せば良いとも言えるけども。で、リーくんはなにを調べてるんだっけ？　誰を探してるのよ」

「話が脱線しました。純ちゃん、ざっくり説明してよ」

ここで相方にバトンタッチすることにした。


巷じゃ〝顎回しの純〟なんて呼ばれるくらいペラが回る純ちゃんだが、今回の件の説明はどうにもキレが悪かった。

「ええと、パピーパパってやつがいきなりＤＭ送ってきて、人を探せと言ってきたんです。だから俺、前金寄越せってそいつにふっかけたら本当に５００万もいれてきて気味が悪くて……」

最初は神妙な顔つきで耳を傾けていた山上さんの顔も徐々に曇り始める。これはまずい。

「なぁ、そいつから来たDM、山上さんに見せたほうが早いんじゃないか?」

埒《らち》があかないので提案すると、純ちゃんがスマホをテーブルに置いた。パピーパパとやらからのダイレクトメッセージを3人で読むことにしたんだ。

〈私の推察ですが、舞台はトー横。登場人物は、ぷりちゃん。ロスちゃん(ぷりちゃんの親友)。ドリメちゃん(男と組んでロスちゃんを自殺に追い込んだコ)。この3人はトー横界隈の売春仲間〉

〈ロスちゃんがある日自殺、親友ぷりちゃんがいろいろ調べだす。するとドリメちゃんが鬼畜の所業で追い込んでいた事実が発覚〉

〈義侠心《ぎきょうしん》に狂ったぷりちゃんがロスちゃんの件の真相解明に動くけど時すでに遅し。自殺のあと、警察や売春相手に頼るも相手にされず〉

〈次、ぷりちゃんが死にます。時間がない〉

純ちゃんのツイッターのDMには、パピーパパから鬼気迫る訴えが溢れていた。

ところが、である。現役の人間には当たり前のことなのだろうが、要所要所でけたたましい音でケータイが鳴るもんだから、なかなか話が進まない。

電話をしている山上さんの手元には大粒のカスタマイズされた数珠。こういうのは、いくらくらいするものなのかな。

俺は趣味じゃないから想像もつかないが、山上さんは定番のヤクザって感じのファッションが好きなのだろう。もちろん定番といってもレトロではなく、現行の定番。短く刈り上げた髪にBristolのセットアップ、LVのクラッチバッグに謎の数珠。不良だってすぐにわかる格好だ。

「ごめんごめん、ちょっと今、組事で揉めてるんですわ。もう電話ないと思うから」

「気にしないでください。あ、飲み物ないですね、なに頼みますか?」

まさかのメロンソーダフロートだった。甘いもの好きなヤクザは短気な人間が多い気がするけど、山上さんは完全にその部類だ。

「リーくんと純くんには悪いけど固有名詞出されても誰も知らんからなあ。ぷりちゃんとかドリメちゃんとか言われてもねぇ」

「じゃあこれはどうです? 新宿署の刑事。なんでもトー横キッズたちの自殺を闇に葬ったという……」

「その依頼人も飛んでるんじゃないの。刑事の名前は？　新宿署なら課によっては詳しいけど」

唐仁組がトー横のガキらを掃除しない理由はなんとなくわかったけど、ぷりちゃんにドリメちゃん、隠蔽している刑事もわからなければ売春のこともわからない。


それも当たり前か。全部がパピーパパの妄想なのだろうしな。

「これからオヤジに会うんでな、そろそろ行くわ。少女売春は専門外やからわからんで悪かったけど、リーくんも純くんも困ったことがあったらいつでも言うてよ」

いかにもヤクザらしいセールストークを口にして山上さんは席を立っていった。店を出るともう引き屋が出ている。おさわりどうですかってのをシカトしたらギャンブルは好きですかだってよ。

「しつけえな。花道通りまで出たほうが客引けんぞ」

そんなことを言いながら目ん玉にらみつけたら西武新宿通りに出る手前でやっと諦めてくれた。

誰もがその日のシノギに必死なんだろう。この街に限らずそんなやつはたくさんいるよ。

＊

街はもうすっかり暗くなっていたが、この街はネオンがぎらつきだしてからが本番だ。

光が強ければ影もまた濃くなるように、この時間になると欲望という名の影が色濃く街を包む。

「もういいんじゃねえの？　脚も使ったし、いつまでも妄想に付き合ってても時間の無駄だぜ」

パピーパパなる得体のしれないオッサンから舞い込んだガキ探しが面倒になった俺は、帰りがけにそう純ちゃんに語りかけた。

「だめだめ！　トー横にガキが増えてくる時間まで待とうよ。俺、いいこと考えたんだ。へへっ」

純ちゃんの考えた作戦とは、ロクでもないが魅力的なものではあった。まず、パピーパパが探しているガキを見つける。ここまでは約束通り。ただしそのまま渡すのではなく、ガキを金で手懐《てなず》けてこっちの指示に沿ってDMを送らせる。できればアカウントを買い取ってトラブルが解決したとパピーパパに思わせる作戦だ。

「悪くないけど、そんなガキがそもそもいるのかって話だよな。ぷりちゃんにドリメだっけか」

山上さんの組でケツでも持っているようならヒントはあったかもしれないが、知らないようだった。こうなると割り出すには聞き込みでもするしかなくなる。

「リーくん、これ見てよ。ぷりちゃんはツイッターやってるんだ。パピーパパはこれ見て勝手に心配してるだけなんだって」

そういえばパピーパパのDMにはツイッターのタイムラインのキャプチャが添えられていた。そのアカウントを見に行くと、このぷりちゃんってのも様子がおかしい。病的な感じが出ている。いや、今の中高生では普通なのか？

この毒気にあてられたパピーパパがおかしくなっていったようにも思ってしまう。

〈大人なんて信用するな！　大人なんて信用するな！　大人なんて信用するな！〉

〈自殺じゃないよ、ロスちゃんは殺されたんだ。〉

〈いっそみんなで集団〇〇かぁ。私だけ置いていかないで〉

〈なにかあったときの遺書は託してあるからのーぷろぶれむ。もっと大きく捉えればドリメも被害者なのかも。主犯潰す？〉

〈警察も学校もクソ。あの不気味なオッサンはマジでクソ。タヒタヒタヒタヒタヒタヒタヒタヒタヒタヒ〉


ツイッターの更新は2週間ほど前でぱったりと止まっていた。メンヘラでもぴえんでもなんでもいいけど、これはそのカテゴリーにあてはまるのか？　家出のガキが大人嫌いなのは昭和の時代から変わらない常識だとしてもだ。なにをどうこじらせてトー横なんかに流れついてしまったのだろうか。

「これさあ。心配されたくて自殺だなんだ言ってるだけで、このロスちゃんとかいうのもトー横を卒業して地元帰って平和に暮らしてる線もあるよね？」

純ちゃんにしてはなかなか良い読みだ。

「俺はそもそも存在すらしないとも思ってるけどな。ガキが悲劇のヒロイン気取りたくて、適当こいてるだけかもしれないぜ？」

実際、トー横界隈のガキでホテルから飛び降り自殺したのが何件かあったことは、ニュースにもなっていた。カップルが手をつないで飛び降りたり、自殺を実況中継するんだってな。

ただ、殺されるなんて話は聞いたこともない。あの妙な髪の色をしたガキどもは、処方箋ドラッグのOD《オーバードーズ》で自殺することはあっても、殺しなんかできる目付きをしていなかった。


まあ夜がもう少し深くなったら現地で聞いてみるしかないか。

ロスちゃんという死んだとされる少女。それを自殺に追い込んだというドリメと謎の男。その事件を調べながらツイッターでメンヘラ全開の投稿をするぷりちゃん。果たしてこれらとコンタクトが取れるのか、そもそも実在するのか。


歌舞伎町一番街に差し掛かると頭上のスピーカーから流行りの歌が流れている。正確には流行りの歌であろうってだけで、どこの誰が歌っているのかはわからない。人間関係も流行も軽薄なのが歌舞伎町だからな。

ホストはみんな同じ服を着ているし、キティちゃんのサンダルを履いているやつは大体頭がおかしくて、真冬に半袖のやつはポン中。雑居ビルが入り組んだ街は複雑に見えて意外と単純だ。

とんかつ屋を過ぎたあたりで案内所から見たことのある顔が出てきた。引き屋の佐野だった。

「おやおやこれはお揃いで。今日はどこ行きますか?」

佐野は歌舞伎町で博打の斡旋業をシノギにしている男なんだが、こいつの行った先でいい思いをした記憶はほとんどない。だが妙に人懐っこくて、気を許させるなにかがあるんだ。

トー横に聞き込みに行こうとしていた深夜0時付近まではまだ時間もある。とはいえ、酒を飲んで時間を潰すわけにもいかない。さてどうしたものか――。

「俺たち、仕事中なんだよ。調べ物の最中でさ。悪いがまた今度」

そう断ったものの、あと2~3時間をどうやって消化するか悩ましい。佐野の紹介先はだいたいトー横とは目と鼻の先だし、あそこにキッズが集まってくるのは深夜帯がメインだからな。

「じゃあ、あれ行かないっすか?　懐かしのビデオポーカー!」

「いいね!　ちょっと叩きにいこうよ、リーくん」

確かにポーカーはもう10年くらい触っていないかもしれない。

歌舞伎町浄化作戦前、まだおおらかだった時代には路面店で普通に自動ドアから入れるポーカー屋なんかもあってさ。なんでパクられないのか不思議なくらいだったよ。闇スロが出てきたあたりから一気に客を食われてめっきり見かけなくなった。脳が溶けるまでダブルアップをしていた時代がどこか懐かしくなって、俺と純ちゃんは佐野の誘いに応じることにした。


ボロビルの4階にあるポーカー屋に到着する。ただ、そこにあったのは懐かしいあのビデオポーカーではなかった。

「おいなんだよ、これ。なんでカードがこんなたくさんあるんだ？」

「え？　リーくん知らないのかよ、デュースワイルド。50ハンドあるから当たりやすいんだぜ」

プログラムが組まれているポーカーゲームに当たりやすいもなにもないだろうと思ったが、なるほど純ちゃんのような層には響くんだろうな。例えばあと1枚でフォーカードの状態のハンドから50回も引けるとあれば、射幸心《しゃこうしん》はおおいに煽られるというものだ。払い戻しは管理されているにしろ、チャンスがたくさんありそうには見せてくれるのだろう。

それにしてもこんな場面で時代に取り残されたような感情を抱くとはな。確かに俺がビデオポーカー叩いていた頃なんかガラケー全盛期だった。あの頃、一緒に暮らしていた女を連れて回ったこともあった。これだけ時間が経てば、トー横の連中の髪も青やらピンクになるわけだぜ。

結局、ルールもよくわからないまま5万円がなくなった俺は、そっとタバコに火を点けた。

＊

デュースが絡んで、なんだか良さそうな役が画面に現れた。

「デュース・ロイヤル・フラッシュ？　佐野、なにこれ」

呆れた顔で引き屋の佐野が口を開く。

「ナチュラルじゃないとそんなに高くないんですよ。でもリーくんなら叩いて増やせるでしょう」

「まあ叩くは叩くけど。仕組みがいまいちわからねぇよこれ」

黒字にしたいから黒。俺はビデオポーカーを覚えたての頃から黒でしか叩かない。バカラ屋に行ってもオープンゲームで張る時はバンカーにしか置かない。ブレて負けるとイライラするから、自分で決めたルールに従って同じ行動を取るんだ。


しかし結果はハートの4が出てきてダブルアップ失敗。時間つぶしだからどうでもいいんだけど、どうせなら飲み込まれた福沢さんを奪還したかった。

「リーくん、そろそろいい時間じゃないの?」

質屋に出たり入ったりしている自慢のパテックを見ながら純ちゃんが口を開いた。

23時半か。

てっぺん付近にガキが集まるって話だから、確かにその通りだ。

ふと隣で打ってる佐野のクレジットに目を向けると10万と少し勝っていやがる。

「お前、俺たちここに引いていくらか入るんだから、俺の負け6万持ってくれよ。なっ」

「そんなあ」

冗談だってことは佐野もわかっている。ガジってガジられてが当たり前の世界にいると、こういう本気か冗談かわからない話の境目もわかるようになってくるんだ。

純ちゃんはちょい負けくらいって様子で、大きく負けてなくてなにより。こいつは盆ヅラが悪くて負けが込むと非常に行儀が悪い。闇スロでジャグラーのゴーゴーランプに根性焼きを繰り返して出禁になった店がいくつかあるくらいだ。

酒臭いエレベーターに揺られてボロビルの外に出ると、街は深夜の匂いが漂っていた。

夕方5時の歌舞伎町、夜8時の歌舞伎町、深夜0時の歌舞伎町。

たいして時間は変わらないのに、見せる表情や行き交う人々、感じる匂いはまた別の物だ。

眠らない街なんて言ってみても、本当に眠らないのは炙《あぶ》りではなく打ち込みでシャブを食い散らかしているポン中くらいのもんで、時間時間で人と様相はある程度入れ替わるからかな。

「そういえば佐野、トー横らへんのガキ、誰か仲いいのいないの？」

引き屋稼業が長い佐野も歌舞伎町の住人だ。なんの気なしに問いかけてみた。

「顔見知りくらいはいますよ。あそこらへんのネットカフェで暮らしてるガキンチョ。たまに小銭握るとインカジ行くんですよそいつ」

じゃあ連絡して呼んでみてくれよ、という話になったがその必要はなかった。すでに視界に入っていたからだ。

「ほらほら、あいつ。あそこで円になって座ってるの、いるでしょ？　あの右側の金髪っすよ。名前はタツヤくん」

佐野がなにか思い出したように、少し困り顔でつぶやいた。

「あ、でもなあ。あいつら敬語とか使えないんですよ。生意気だって感じてもいきなりキレたりしないであげてくださいね？」

佐野はそう言うと、小走りで金髪少年タツヤくんを呼びに行った。ゴジラの下で待っていると、すぐにふてくされた顔をしたガキを連れて戻ってきた。

「遊んでるところごめんね。ちょっと聞きたいことがあってさ」

純ちゃんは距離を縮めるように優しく語りかけたが、事前情報通りに態度の悪い返事が返ってくる。

「またかよ？　最近マスコミとかYouTuberが俺たちに聞き込みに来すぎてうぜえよ。オッサンたちはなんの用事？　よぉ～」

バチン。

タツヤが最後まで話し終える前に純ちゃんのビンタが飛んだ。

数千円しか負けていないのに結局こうなるのか。やはりこいつと博打には行きたくないなと改めて思った。

「おぃよお。5分で済む用事なんだから、聞かれたことにだけしっかり顎動かせっつうの」

「いきなりなんだよ！　ふざけんなこのクソじ……」

バチン。

もう乗りかかった舟だ。仕方なく俺も純ちゃんがはたいたのと逆の頬をはたいた。

「タツヤくん虫が止まってたよ。怖い虫もいるから気をつけないといけないね」

にっこり笑いながらそう語りかけると、タツヤは神妙な顔つきになってうなずいた。すっかりこっちのペースだ。

山上さんも言っていたが、ここらのガキどもは不良も野放しにしているわけで、怖い思いをした経験があまりないのだろう。

タツヤは見た感じ成人していそうだったし、これくらいのビンタなら警察の厄介になることもないはずだ。

「トー横に出入りしてる女のコで、ぷりちゃんだのドリメちゃんだのって女のコ、聞いたことないか？　たぶんまだ中学生だと思うんだけどさぁ」

「はぁ……ぷりちゃんにドリメちゃんですか……ちょっと聞いたことないですね」

ゴンッ。

とぼけている風でもないタツヤの鎖骨に、純ちゃんが鉄槌を入れた。ただし今度はかなり軽め。天井まで連れていかれたスロットのレバーを強打するくらいの強さだった。

「なあ、ウリやってる少女グループらしいんだよ。中には自殺しちゃったコもいるらしくてさ。悲しいじゃん。お前、そのまっキンキンな頭フル回転して思い出してくれないと困ったことになるぜ？」

「ああ、それなら根城にしているネカフェがあります。案内しましょうか？」

手あたり次第でもなんでも、聞き込みはしてみるもんだな。すっかり怯えた顔のタツヤが先導する形で、俺たちは売春の現場とされる雑居ビルの前に来た。

カスタマカフェと書かれた文字が不健全なほど明るく歌舞伎町の闇を照らしている。やたらと光量が大きくて、田舎にポツンと立っていたならカブトムシやカナブンがたくさん採れそうなほどだ。

「ほら、ああやって客とってぃくんです」

タツヤがつぶやいた言葉の先には、レインボーカラーの髪の色したトー横キッズの女が、ハゲ散らかしたメガネのショルダーバッグのオッサンと2人でカフェに入っていった。

まあ、俺たちもこいつらからしたらオッサンか。

圧をかけるようにタツヤの肩に腕を回しながら、耳元に質問事項を語りかける。遠くでは取り巻きのガキどもが心配そうな目でこちらの様子を窺っていた。色とりどりの頭が、街のネオンと同化して下品な美しさを醸し出していた。

*

さっきのハゲたオッサンとブリーチ女は、前戯くらいは終わった頃だろうか。

なんだか味気ないプレイをしてそうだよな。ただ穴を貸しているだけみたいな感覚なんだろう。あの2人以降も、歌舞伎町のカスタマカフェにはタイムセールのイワシみてえに死んだ目をした女とオッサンたちが吸い込まれていく。

「なぁ、タッちゃん。女たち抱えてるグループってテラもとってるんだろ？　儲かってそうだよな」

タツヤの肩に手を置きながら純ちゃんが探りをいれた。

会って10分でタッちゃん呼ばわりされたトー横のタツヤは、まんざらでもない様子。

「純さん、でしたっけ……テラってなんですか？」

「テラっていうのはその、アレだよ。儲けみたいなもん。リーくん、なんでテラって言うんだっけ？」

「江戸時代には寺社奉行ってのがあってさ。その管理下の寺社で博打をすることが……まぁいいや、純ちゃんにはわかんないよ。手数料だと思ってくれ、タッちゃん」

純ちゃんのノリに合わせて俺もそう呼んでみる。タッちゃんことタツヤの目の色が変わった。

「なるほど、儲けって意味ですね。たしかに売春させた金を貢がせるなんて話はよく聞きます。ただあっちのグループ、僕は少し距離を置いていまして……」

こっちから見たら同じでも、中ではいろいろあるらしい。同じ毛色の野良猫の群れでも、搾取される者もいれば支配する者もいる。そんなところだろうか。

「それに、リブマの連中はあまり関わりたくないですよ」

「リブマ？　なにそれ。チーム名かなんか？」

新たに出てきた謎の単語の意味するところがまったくわからない。聞くと、それはリブマックスに泊まっているトー横キッズのグループのことだった。

ひとつの部屋に発行されるカードキーは1枚。それをシェアしながら複数人でリブマックスに泊まるのが、カスタマカフェでウリを斡旋しているグループらしい。

目の前をやけに香水がきつい女が通り過ぎた。そのタイミングで、タツヤが口を開く。

「僕たち、アパのグループはウリなんかやりませんよ。推しのコにお金もらったりはするけど……」

要するに、ここトー横では女衒《ぜげん》気取りのガキどもと、地下ホスト気取りのガキどもの間になにかしら対立構造があるようだった。

「なぁ、そいつらリブマ軍団がいる部屋番号わかるのか？」

「調べられなくはないです。部屋にいそうな女のコに聞いてみてもいいですか？」

誰かに電話をかけ始めるタツヤ。すると、連中の部屋番号はいとも簡単にわかった。頻繁に連絡を取り合っているタツヤの連れの女がいて、小遣いをやる代わりに中に誘導までしてくれるらしい。

「お前できるやつだな、タッちゃん。よし、じゃあそこ行ってみるか」

ソーシャルゲームをいじくり回しながら、純ちゃんは目線も合わさず言い放った。

とはいえ、なんだかタツヤは不安そうな様子。巻き込み事故にでもあったかのような今の状況に怯えている雰囲気もあった。

「えっ……自分も行くんですか？　あいつら結構やばいですよ」

「オジサンたち、こういうの慣れてんだわ。さぁ行くぞ」

逡巡するタツヤを置いてズンズン歩を進める純ちゃん。リブマックスは5分とかからない場所にあった。

引き込み役の女は整形に失敗したのか、左右の涙袋の大きさが極端に違う安っぽい顔をしていた。手慣れた様子で誰かに電話すると、受付をスルーして俺たちを呼び込み、エレベーターに乗り込む。

8階に到着。目的の部屋のドアをノックすると、警戒する様子もなく扉が開いた。ドアを閉じられたら硬めのマックイーンの靴でも突っ込もうと思っていたが、部屋の中にいた男たちは呆気にとられた様子で固まっていて、そのまま中に入れた。

部屋の中はストロングゼロの空き缶と、その空き缶に突っ込まれた吸い殻でひどくすえた、退廃的な匂いが充満していた。

「ごめんね、いきなりお邪魔しちゃって。どう、儲かってんのか?」

自己紹介もせずに散乱した部屋を歩き回り、窓を少し開いて換気をしながら俺はつぶやいた。

「1、2、3、4、5人。お前らダブルベッドふたつで窮屈じゃねぇのか？」

気まずそうに去る引き込み役の女を尻目に、純ちゃんがかぶせる。

「えっと……あの……どちらさまでしょうか？」

リーダー格らしき、やたらとピアスの数が多い黒髪が怯えた様子で返事をした。

俺たちは人を探していること、カスタマカフェでウリをやっている女の中にそれらがいなかったか確認したいことを告げた。


わざと大仰に足を開きながら、たまに大きな音を出したり空き缶を蹴り上げたりしつつ、威圧ベースで話を聞き出す。ただ、顔を見回せばみんな少年だ。そんな必要はなかったのかもしれない。

「ウリは僕らがやらせてるとかじゃなくて、神待ちしてる女のコの手助けをしているだけで……」

これまたふざけた話でさ。股開く代わりにカネをくれるオッサンのことをこの界隈では神と言うらしい。中には身体の関係を持たず、数万円を渡すオッサンもいるらしく、それらは〝スーパーレア〟と呼ばれているとのこと。

まるでゲームの延長線上にこの街があるかのように、明確な犯罪行為を耳に優しい言葉でオブラートに包む。覚せい剤のことを「S」とか「スピード」と呼ぶあの感覚とも似て非なる感じだな。

「でもお前、ピンハネしてんだろ? シノギじゃねぇか」

「いやそれは……神引いてくるの僕たちだし。手数料というか、まぁ、その……」

なるほど、価値観というものがまったく違うんだな。こいつらの感覚がずれているのか、俺たちが歳をとったのか。足をくずさせて雑談をしていると、スマホがけたたましく鳴り、画面を見たガキどもが具合の悪そうな顔をした。

「ミクが。ミクがもう1時間以上連絡つかない。どうしたんだろう」

ミク。さっき俺たちがカスタマカフェで目撃したあの女だろうか。こんなことしてたら起こって当たり前のトラブルが今、起きたというだけなのに連中の動揺は大きい。

「テラとってんだろ? やばいかもしれないいなら、助けに行ってやらないのか?」

純ちゃんが不思議そうに問いかける。下を向いて黙り込むリブマグループのガキども。純ちゃんが続けて唸る。

「ずいぶん無責任な野郎だな。いいか。テラ銭ってのはよ、昔の寺社奉行がなあ、……なんだっけリーくん？」

ネオンの照度が1ルクスも下がりはしないままに、夜はさらに更けていった。

飛鳥クリニックは今日も雨

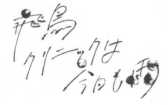

女を助けて貸しでも作れば仕事がしやすくなるかもしれない。そんな邪《よこしま》な気持ちと、文字通りの面白半分だ。

歌舞伎町のネットカフェで売春相手とヤる〝神待ち〟なんて、自業自得だよな。ただ、話を聞いておいてなにも動かないってのも男が廃るし、なによりこのガキどもに大人の経験値ってやつを見せつけてやろうと思った。

「なあ。ルームキー、俺に預けとけよ。持っておいてやるから」

エレベーターの降り際に、純ちゃんが言った。

「でも、鍵は1枚しか……」

このホテルは界隈のガキどもの間で横行する複数人宿泊対策のためか、ルームキーを1枚しか発行してくれない。部屋には荷物を置いてこさせたし、これではぐれてもキッズたちは俺たちから飛べなくなる。今日の純ちゃんはなんだか冴えているな。

カスタマカフェへの道中、カラフルなガキを引き連れている自分への通行人の目が気になって仕方ない。顔馴染みの客引きとすれ違ったが、視線をわざと外した。

「あの……カスタマカフェに行ってどうするんですか？」

不思議そうに問いかけてきたのはピアス少年。スマホやホテルの部屋は互助会的にシェアするくせに、やばくなったら見捨てるのが普通ってのがコイツらの当たり前なのかもしれないな。

群れの一番後ろにいるシマウマがライオンにとっ捕まっても、その一群は足を止めない。脱落した者を振り返る余裕もない。そんなところだろうか。

そもそも、なにかから逃げて行きついた先がここトー横であるのに、ここからも脱落するとなると、いったいどこへ行くというのか。

依頼人が話す消えた少女の話も、あながち間違ってないのかもしれない。

「なにするって助けるんだよ。とりあえず中見てくるから。お前らは待っとけばいいよ。あとでまとめて話聞くから」

ピアス少年の問いに答えた俺を見て、タツヤがガキどもに言った。

「そうだよ、この人たちに任せておけば大丈夫だから！」

さっき知り合ったばかりなのに、ずいぶん知ったような口を利くもんだ。謎のオッサンを利用したアパグループの、リブマグループに対するマウントのつもりなのかもしれない。

一番街のカスタマカフェに到着。彩り豊かなネオンの下をこんなにも多くの人が行き交っているというのに、中では薄壁1枚隔ててチンポコ挿したり抜いたりしてるっていうんだから狂った街だぜ。

俺だってガキの頃に歌広場でセックスくらいしたことはあるが、今のガキは常習的にこのネットカフェを性行為の場として利用するってのにカルチャーショックを受ける。そして、それに適応する買い手のオッサンらにはさらに驚くよ。

「どうする、リーくん。別々に受付する？　それとも、そのまま入っちゃう？」

「そこだよな。どこの個室に入ってるか、わからないのがな……」

どれだけ考えてもわからない麻雀の待ちと同じで、こういった場合は気分で通していくしかない。

つまり、総当たりですべての部屋を見るしか現実的な手はない。

しかしそうなると、あまり時間をかけるわけにもいかない。店だって部屋を全部ガチャガチャする男が現れたら警察を呼ぶはずだ。

「じゃあ二手に分かれよう。各フロアで純ちゃんは一番奥のほう、俺は手前から見ていくから」

もしもの時により逃走しやすい手前を俺は確信犯的に選んだが、純ちゃんは、

「ヨシ！　わかった」

と、二つ返事ときたもんだ。そこらへんは気づいていない様子。ちょろい相方で良かった。

総当たり戦を覚悟していた俺たちに、タツヤがなにか思い出した様子で大ヒントを投下する。

「あの、カスタマセックスは基本、フラットシートのペアルームだと思います。あと、前に女性専用エリアで神待ちしてたのがバレて問題になったから、そっちもないはず」

「タッチャンよお、そういうのは先に言えって」

口を尖らせた純ちゃんがこぼす。

しかし、ペアルームだけに絞っても何部屋もある。部屋の前で「ミクちゃんいる？」と声掛けをしながらの捜索はなかなか骨が折れたが、7階の捜索をしていたところ、ついに目標を発見した。

まるで迷宮の出口を探すかのように歩き回っていると、見覚えのあるハゲ頭のオッサンが角部屋から出てきたのだ。

ショルダーバッグが印象的で、間違いようがない。こいつはさっきミクらしき女とここに入っていった男だ。

「待て待て。オッサン、部屋に戻ろうや」

右拳でしっかりショルダーバッグを掴みながら、2人でオッサンを取り囲む。多少抵抗する素振りをみせたオッサンが逃げないように、後ろに回り込んだ俺はベルトを押さえる。

ショルダーバッグとベルト。前後から挟まれた格好のオッサンは一瞬の隙を突いてトイレ方向に逃げようとした。当然それは想定内の動きであり、俺たちの握力から逃げることのできなかったオッサンはバランスを崩して床に倒れた。

パリンッ。なにかが割れる音がした。

「なんだ今の？　お前、なんか変なもん持ってるんじゃないだろうな？　タツヤ、そのショルダーバッグ開けてみろ」

舎弟と化したタツヤがオッサンの持ち物検査を手際よく始める。するとやっぱり出てきたんだな、透明のポリ袋が。

「お前、結構なサイズのガンコロ持ち歩きやがって、生意気だな。パリンッて割れたのはガラパイちゃんか？」

純ちゃんが冴えていたのは気のせいだった。ブルゾンのポケットから出てきたのは、まさかのインジェクション。医療用注射器だ。

「おい、部屋戻るぞ。それとも新宿署のほうがいいか？　切れ目で地検調べは辛いぜ。好きなほう、選べよ」

このひと言が効いたのか。目をクルリンパさせたオッサンは自分がいた部屋に向かって歩き始めた。

ペアシートのドアの前に立ったオッサンが懇願口調で言った。

「お金でなんとかなりませんか」

メガネを曇らせ、懇願してくる。


無視してドアを開ける。するとそこにはミクがいた。あの純ちゃんですら、息を呑むほどの光景だった。

フラットシートの端には引きちぎられたキャミソールとスポーツブラがぶちまけられていた。

注射痕は見当たらなかったが、この様子なら打ち込まれたことに間違いはなさそうだ。

「おいおい。お前何メモリ打ち込んだら、こうなるんだよ」

心配そうにミクの頰を叩きながら、純ちゃんはオッサンを睨みつける。直接シャブを塗り込まれたのか、白濁した液でベチャベチャになったミクの陰部。その脇には紐のからまったピンクローターが寂しそうに佇んでいた。

「あーあ、オッサン。これ高くつくぜ?」

*

「ふーん。お前、河原木《かわらぎ》っていうんだ」

純ちゃんは男の小汚いショルダーバッグの中から財布を取り出し、身分証明証をチェックする。

「でもね、でもね。許可はとったんだよ? 同意のうえだよ」

狼狽した様子で河原木が言い訳を始める。少し声量が大きい。

「おいおい。お前周りの人に迷惑だろうが。ちょっと外に出て話そうぜ」

俺は散乱した荷物をまとめつつ、河原木のベルトを再度掴み、カスタマカフェから出るよう促した。


しかし、あの状態で女を放置しておくわけにもいかない。事情を説明できる人間がいなければ、体内から覚せい剤が検出されるのは間違いない。あのままフラフラ歩き回って補導でもされたら大変なことになる。

「私はやってない。薬を盛られたんです」

なんてのはポン中がサツに見つかった時の言い訳ランキング第1位だし、河原木に射ち込まれたことを証明できる状況作りだけはしてあげようと思った。

「なぁタツヤ。お前、ミクを落ち着かせてから、さっきのホテルまで連れてきてくれないか？　俺と純ちゃんはこのハゲと先に行ってるからさ」

一方の河原木は定期的に大きめの声量でブツブツと言い訳を繰り返していた。この迷宮のようなカフェの路地を曲がるたび、エレベーターのドアが開くたび、そういうことをするもんだから周りからの視線が痛い。


視線といってもも実際に人とすれ違ったのは1人、2人くらいなもん。だが、やけに甲高いこの男の懇願するような声を、薄壁1枚奥のカスタマカフェの住人たちはどう思っているのだろうか。

勘繰りすぎかもしれないが、みんなこの異変を察知し、壁の奥から俺たちを見ているような気がしてならない。


外に出ると、待機させていた通称リブマグループの少年たちが駆け寄ってきた。

「あの……このオジサン誰ですか？　ミクはどうなってんですか？」

リーダー格の黒髪ピアスが心配そうに口を開いた。

バチン。

黒髪ピアスの頬を思いっきり引っ叩いたのは、純ちゃんだった。

「おぃガキ。おめえらは指動かしてスマホで男釣ってるだけかもしれねえけどな、相手する女のこともっと考えろ。どうなってんですかだあ？　おう河原木、お前のチンポコこいつにも突き刺してやるかよ」

いきりたつ純ちゃんをなだめながら、俺は黒髪ピアス以外のキッズたちにポケットにあった3000円を渡し、どこかで時間を潰すよう命じた。

「純さん、リーさん、お待たせしました。だいぶ良くなりました」

そうこうしているとタツヤがミクに肩を貸しながらカスタマカフェから出てきた。ベルトの後ろを掴まれたしょぼくれたハゲ頭を先頭に、あきらかに様子がおかしい少女と肩を組んだ少年、それと黒髪ピアス。そんな連中を引き連れる俺たち2人。行きも大概だったが、帰り道はより奇妙な集団へと変貌を遂げた俺たちは、再びリブマへと踵《きびす》を返した。


援デリの黒髪、その客だったポン中の河原木、シャブを射たれたミク、そして俺と純ちゃん。そもそも狭いリブマの一室はすし詰めになった。

河原木は用が済んだらデコにでも突き出すとして、まずは話を整理しないといけない。


ミクはカラコンで瞳孔の開きは確認できないが、怪我はたいしたことなかったようだ。もう意識も回復し、純ちゃんの後ろに隠れて河原木を罵倒している。

救出からまだ30分も経っていないし、完全にパキパキにキマッている状態だから顎がなかなか止まらない。

「ポン食った直後の人間の会話は同じくらいネタいれてないと聞き取れない」

と昔、先輩に教わった気がするが、たしかにその通り。覚醒状態のミクが紡ぎ出す言葉はどこか要領を得ない。

話が飛んだり戻ったりで正直、会話にならない。痺れを切らした純ちゃんが河原木の頭を右手ではたく。

「なあ。黙ってないでお前からしゃべるべきなんじゃないの？　それにお前、なんで椅子座ってんだよ。そこに正座しろ」

お菓子袋で散らかった床に、ショルダーバッグをかけたままのハゲが正座。混沌とした室内はさらに異様な空気に包まれた。

「でも、でも、注射はやりすぎだったかもしれないけど、なんでもアリがウリの交際クラブなはずじゃないですか」

「交際クラブ？　なに言ってんのお前。お前はただたんに掲示板でウリやってる女を買春しただけだろ」

「いやだって。会費払ってますもん。パスワードを知るために20万円も払ったし」

なぜか話が嚙み合わない。パズルの隙間を埋めるべく、俺は再び黒髪ピアスに話を聞くことにした。

「お前、名前なんだっけ？」

「ルカです……」

「で、なんだそのルカくんは。日銭ほしい女たちまとめて客釣りのために掲示板に書き込みしていただけのはずだよな？」

「そうです。僕、嘘ついてないです」

「じゃあなんでこいつ交際クラブだの入会金だの言ってんの？」

「それはちょっとわからないです。僕たちが使ってる掲示板はたしかにパスワードがかかっていますけど、別にそれを教えるのにお金をもらっていませんし……本当に、神待ちしてるコの手伝いをしていただけなんです」

やっぱり要領を得ない。俺は再び河原木のほうを振り向く。

「オッサン、交際クラブの画面今見れるか？　ちょっとログインしてみてくれよ」

そう促すと、河原木はひび割れたスマホを震えた指で操作し始めた。画面に現れたのは、黒を基調としたいかにもアングラ風のサイト。

「あれ？　これ僕が知ってるのと違います」

ルカが言った。純ちゃんも食い入るように小さな画面を見つめている。

ティーンズクラブ。そう題された交際クラブのサイトには、

〈ロリータ専門の当クラブへようこそ。当クラブはお客様の欲望をすべて叶えます。すべて、です。〉

と品のない書体で書かれていた。そして、十数人はいるだろうか、少女たちの写真が下劣な紹介文とともに掲載されており、その中にはミクもいた。

「お前。ロリータ専門ってなんだよ。これ完全にアウトなやつだろ」

純ちゃんが呻《うめ》くように言う。

かすかに、そうぼんやりとだが、点と線がつながりかけたような感覚があった。

わずか数センチしか開かない窓の横でタバコに火を点ける。

吸い込んだ煙を器用に外に吐き出しながら街を眺めると、まるでこの空間を無視したかのようにネオンが街を彩っていた。

＊

話を整理しようか。

河原木は、入会金を払った交際クラブで、ここらへんにいる家出少女と個別のやりとりができる掲示板の鍵をもらった。

しかし河原木が実際にやりとりをしているのは、ここリブマを根城にする少年グループであった。少年たちは純粋に掲示板で釣れた客だと思い、女にそれを仲介していた。

そうなると、この交際クラブは単に既存の掲示板の鍵を教えるだけで頭金をハネていた、昔でいう金融の紹介屋みたいな詐欺なのか？　それに女は自分がどういう立ち位置だと思っていたのだろう。ミクに目をやると、

「ありえない。まだお金ももらっていない」

と小声でむせび泣いている。

射ち込まれたシャブは当然まだ効いているはずで、とにかく感情の起伏が激しい。

喚き散らしたと思ったら唇をパサパサにしながら身の上話を語り、シクシク泣くんだもんな。

「こっちのモードに入っちまったやつは面倒だぞ」

なんて考えながらも、俺はミクから話を聞き出すことを試みる。

「あのさあ。どうしてこいつらとウリしてたの？　ほら、水飲めよ」

誰が飲んでいたのかもわからない飲み残しのミネラルウォーターのペットボトルを手渡すと、そいつを飲み干したミクはいくらか落ち着いた様子で語りだした。

「だって……家帰れないし。私ここにしか居場所がないし。そうすると電話代とか推しの人とゴハンするお金にも困ってて――」

どうやらミクは少ない金を握りしめてトー横に流れてきたのはいいものの、すぐに金銭的に困窮。この街で知り合った友達とたった1つのスマホを使い回しながら、たまに道で声をかけてくるオッサンらと飯を食っては小遣いをせびる暮らしを続けていたそうだ。だが、そのうちそれすらも覚束《おぼつか》なくなった。

「スマホを使い回すってどういう意味だ？　自分専用のやつ、持ってないのか？」

純ちゃんが素っ頓狂な声でミクに尋ねる。ミクは恥ずかしそうにコクンと頷いて補足した。

「みんなで泊まってる部屋に1台、3人でシェアしているiPhoneを置いていて。それをホテルのWiFiにつないで使ってるんです。自分が使う時はツイッターやインスタグラムにログインして、DMで友達とやりとりしてて。本当は自分だけのiPhoneほしいけど、高くて買えない」

この奇っ怪なシェアサービスともいうべき仕組みには驚かされたが、トー横キッズの間では珍しくない話のようだった。

「金に詰まったからって、ウリするのか？　家に帰ればいいのに」

何気なく純ちゃんが言った。

一線を越える、すなわち体を売る行為には当初は抵抗があったものの、トー横に流れつく少女たちがまるでデフォルトのように売春している様を見て覚悟を決めたとのこと。奥歯を嚙みしめるようにしてミクが言った。

「実際にセックスする時間なんて20分くらいでしょ。我慢すればお金もらえるなら別にいいかなって。割り切ることにしました。ただ私、自分の端末を持ってないからお客さんを引くことができなくて。悩んでたら『ルカくんがたくさん紹介してくれるよ』って聞いて、頼ることにしたんです。実際、ルカくんに相談したらその日からお客さんつけてくれて。場所はいつもカスタマカフェの下で待ち合わせ。ルカくんに言われた通りの時間に行けば、そこにお客さんはいました。家には絶対に帰らない。あんなところ……」

ミクのように家出して歌舞伎町に流れつく少年少女には、家庭で決定的ななにかがあった場合が多い。そんな事例はたくさん見てきた。

ただ、今はそこに触れても話が前に進まない。そう考えた俺は再度ルカのほうを振り向く。

「で、お前はどこで客引いてたんだよ？　どこで見つけたんだよ、その見たこともねえ掲示板」

「それは、ここだったら毎日お客さんから書き込みあるよって前の人に言われてたから……」

「前の人？」

「前の人っていうのは、その……俺たちが来るもっと前に、こういうことをしてた人っすね」

要領を得ない話に、純ちゃんが口を挟む。

「こういうことってどういうことだよ？」

「だからその……本番アリでもいいコと、未成年とやりたいオジサンをつなぐ仕事、ですかね」

なるほどな。確かにこの辺りにはゴジラなんかが現れる前から体を売るやつと買いに来るやつが後を絶たない。援助交際の件数だけで言ったら日本一レベルの売り上げが上がるエリアのはずだ。

「なんだよ。あれ女のコが書いてたんじゃないの？　じゃあそっちだって騙してたんじゃないか」

正座させていた河原木は、足を崩してルカに詰め寄るように吠えた。

バチン。

純ちゃんが河原木の後頭部をはたく。

「おいおい。姿勢崩していいって誰が許可したんだ？　河原木ちゃんよう」

「だって。だからこんなトラブルになったんですよ。今日だってハードなプレイでも大丈夫って僕は聞いたんだっ！　木村さんも木村さんだよ。こんなガキがチャットの相手なんて思わなかった」

正座に戻したものの、膝を両の手で握りながら河原木は悔しそうにしていた。

「なに言ってんだお前。ハードなプレイって、シャブはそれとは――」

純ちゃんを遮る格好にはなったが、また気になることが増えた俺は反射的に話に横入りした。

「ちょっと待った。木村さんって、誰だよそいつ」

「だからこの遊び紹介してくれた人ですよ。絶対安全だって言ってたクセに！」

河原木の尋問中、ルカの目が泳いでいるのを見逃さなかった。不安げに左耳のピアスをカチャカチャと音を鳴らして弄っている。

「ルカ、前にやっていた人ってのがその木村さんなんだろ」

「いや、違います。僕の前にやってた人は佐藤さんです」

これはビンゴ。この動揺の仕方は競馬なら単勝1・1倍ってとこだ。かなり堅い。ルカは木村さんとやらを恐れているか、ウタったら都合の悪い事情があるのだろう。

このような場面場面をしのいで生きてきている俺たちには、証拠はなくても確信めいたなにかが降りてくることがある。

「あれ？　どうした僕。そんな焦っちゃってよう。ほら、オジサンにだけ本当のこと言ってみろって」

ルカの右肩に腕を回した純ちゃんが茶化すように、それでいてすべてを見透かしたかのように揺さぶりをかける。

「よし。じゃあルカと河原木。今から電話帳で答え合わせするぞ。ほら、ロック開けよ」

目の前のテーブルには、画面の割れた型落ちのｉＰｈｏｎｅが2台。パンドラの箱とは違って最後に希望なんて残ってもいなそうな代物だが、それが開いた以上は覗いてみるしかない。まったく因果な稼業だぜ。

＊

「ほらあった」

河原木の電話帳にもルカの電話帳にも「木村」という名前で同じ番号が登録されていた。

少女売春に目がないポン中の河原木。トー横で〝商品〟を調達するルカ。この2つを結ぶのは少女専門の交際クラブだと思っていたが、実効支配してるのはこの木村で間違いないだろう。

こうなると木村の存在を隠したルカの行動はなにを意味するのか。こいつが苦し紛れに「前の人」と呼んでいた佐藤って名前もルカのスマホにあるにはあったが、電話をかけてみると出たのは女だった。少し話してみたものの会話の内容からまったくの見当違いだとわかり、丁寧に電話を切った。詰めるべきはこのピアス少年だ。

「お前、佐藤ってやつから引き継いで女回してるって話してたよな。なんで嘘ついたんだ？」

ストレートに核心を突く。ルカの白い肌がみるみる青ざめていく。

「どうしたよ僕、黙っちゃって。誰だろうなあこの木村さんは。この場面で隠したいってことは、なにかあるとしか思えないなあ」

ニヤニヤした純ちゃんは腕に巻いたパテックを指で愛でながらルカを一瞥する。

「嘘、つきましたっけ僕……」

室内にいる人間の視線を一身に浴びたルカは、腕を組みながら考え込む仕草をし始めた。

これは腕で体をガードしようとする心理の表れだろう。不安や緊張、警戒心を感じている時に出やすい。他にも物を抱える、顔を手で触る、ジェスチャーが極端に増える——とかいろいろあるが、これがマジで使えるテクニックでさ。具合が悪くなると本当にこの通りの行動するやつは多いんだ。

「ほら、全部言っちまえば？　スッキリするぜ。それとも誰か呼ぶかよ？　僕ちゃん。ケツ持ってくれる不良の1人や2人、お前にだっているだろ？　バック呼ぶならさっさと呼べって」

純ちゃんはルカの黒髪を手櫛でとかすように撫でながら、それでいて舐めるような目つきでツラを見ながら囁《ささや》いた。

「こらぁ～！」

素っ頓狂な罵声が突如あがる。発したのは河原木だ。

「こんな部屋に閉じ込めてどういうつもりなんだよ！　木村とお前の責任だろ！　俺はもう帰る！」

そうルカに向かって吠えたんだ。

「お前はお座りだっつってんだろ」

河原木の脂ぎった耳を掴んでもう一度座らせたが、興奮が収まらない。このキレ方は女だけじゃなく、自分にもネタを打ち込んでいるのかもしれないな。

「河原木、お前は後回しだ。嫌ならこのまま新宿署連れて行くぜ？　お前、ションベンから余計なモン出るだろうが。少女売春でシャブはだいぶ具合悪いよなあ」

ポトリ、ポトリと床に汗を垂らす、すだれハゲの河原木に釘を刺し、俺はルカに告げた。

「ポン中のオッサンとトー横キッズの売春を取り持つ斡旋人ってなったら、ワイドショーや週刊誌が飛びつくだろ。ルカ、お前自分の立場わかってる？　未成年の少女売春斡旋は量刑も安くないぜ？」

それでもルカは下を向いたままだった。純ちゃんがルカのひび割れたｉＰｈｏｎｅを取り上げる。

「リーくん、こいつ話す気ないんじゃないか？　俺がスマホ改めさせてもらうよ。後ろめたいことは、だいたいテレグラムかシグナルの期限付きメッセージじゃん」

顎の回し方もさることながら、スマホを弄《いじ》る純ちゃんの指さばきは相当華麗だ。太く短い指を巧みにさばいてルカのｉＰｈｏｎｅを解析していく。

お宝ともいうべきメッセージを掘り起こすのに、3分もかからなかった。

「あったよ、リーくん。これ見て」

純ちゃんが向けてきた画面には、テレグラムのシークレットモードで「K」なる人物とのやりとりが残っていた。メッセージの保存期限を見ると1日。犯罪行為のやりとりをしあう板にしては短い。緊急性が高い部類と言えるだろうな。

1つだけポツンと残っていたのは、こんな文字だった。

〈ご苦労さま。昨日の上がりの部分から2割はいつもの方へ届けておいてくださいね〉

俺たちは警察や検察ではない。たったこれだけの内容でも今の状況下では十分すぎる証拠だ。

これまでのおちょくるような態度から一転、純ちゃんは声を張り上げた。

「手間かけさせやがって小僧、このKってのが木村だろうが。お前と木村ってのでこの変態ロリコン売春クラブを運営してるんだろ？」

万事休す、かに見えたルカが取った行動は――想定していたのとはだいぶ違ったものだった。

「ふぅ」

ひと呼吸つくと、意を決したようにルカは言った。

「1本だけ電話させてください。この仕事のことでお世話になってる人にです。なんなら直接聞きたいこと聞いてくださいよ」

ルカの顔じゅうに開けられたピアスが鈍く光った気がした。部屋にこもったカビ臭い空気が鼻につく。突然現れた違和感と不快感が風船のように膨らんでいく。

なんのことわりもなしに純ちゃんからiPhoneを奪い返したルカは、誰かに電話をかけた。

「すみません、緊急事態です。お客さんと女のコが揉めて、女のコのケツみたいな半グレが出てきて詰められてまして……場所？　いつものホテルです。ちょっと代わってもらっていいですか？」

「てめえ。誰が半グレだよ？」

掴みかかろうとする純ちゃんを手で制すると、ルカは俺にiPhoneを渡してきた。

「社長〜。社長には来てほしくなかったなあ。耳が大きいのも困ったもんだね。この件、首突っ込んでもいいことないよ？」

受話器越しに聞こえてきたのは知った声だった。歌舞伎町に事務所を構える唐仁組の山上さんだ。

いくら普段仲良くしていても、反目に回った場面ではヤクザはその本性を隠さない。

「だって山上さん、こないだトー横のガキらには自分の組も迷惑してるって……」

正論をぶつけてみても軽くいなされるだけだった。突然の掛け合いが始まる。

「リーくんだって内緒のシノギくらいあるでしょうが。いい話は全然うちらに回さんからなあ。それとどう違うのよ？」

「ケツ持ってるなら持ってるよって、最初から言ってくれればいいじゃないですか。こっちだってそんな気合いれて追ってるヤマでもないんですから」

「言わぬが花ってこともあるんだよ。いいか？　これ以上、この件を追っかけるのはやめておけ。藪から出てくるのは蛇どころじゃないかもしれんよ？　外見てごらんよ」

少し笑ったような声色で山上さんは電話を切った。窓から外を覗いてみる。リブマの前にはアルファードが横付けされ、唐仁組の組員らが続々と集まっている。

「あーあ。囲まれちまったよ」

ルカを見やると、眉毛の上に埋め込まれたピアスがやはり鈍く光っていた。

やれやれ。もうじき明け方だってのに、街の暗闇はその濃さを増していくかのようだった。

＊

午前4時過ぎ。歌舞伎町のど真ん中とはいえ、この時間になると人影もまばらになるリブマ前だったが、ルカが呼んだ唐仁組の組員が押し寄せたせいでヒリつくような空気が立ち込めた。

迷彩柄のダウンジャケットを着た若手から手入れの行き届いた革ジャンを羽織る中堅まで、すでに5、6人が駆けつけている。

ホテルの窓から外の様子を眺めていると、勝ち誇ったかのようなルカの表情が目に留まった。気に障るやつだ。

その生意気な雰囲気を純ちゃんも察したのだろう。俺が口を開くよりも先に言った。

「あれ？　お前、もしかして助かった気になってない？　大丈夫かよ、僕ちゃん？」

正直、唐仁組を呼ばれたのは痛い。ただこんなことでこいつに舐められるのも癪《しゃく》だ。


相手は本職だし人数の差もある。一旦引くことは頭の中ではもう決めていたが、ルカには最後までカマしておかないとな。純ちゃんも共通認識だったようで、俺たちはまったく動じていない態度を1ミリたりとも曲げなかった。純ちゃんが仕上げにかかる。

「時間も時間だし聞きたいことハッキリさせるぞ。お前さあ、トー横にいる女、扱ってるんだろ？　その中にぷりちゃんとドリメちゃんってのいるの、本当は知ってんべ？　嘘つきだもんなあ、お前」

「名前で言われてもわからないですね。それ本名じゃないでしょ？　ＬＩＮＥのプロフィール画像とか見たらわかるかもしれんけど」

パチン。

ヤクザが駆けつけて気が大きくなったのか、タメ口がまじったルカに純ちゃんは躊躇《ちゅうちょ》なく平手打ちを見舞った。襟首を両手で掴むと顔をスレスレまで近づけて唸る。

「お前がいくらカスリ払ってるのか知らねえけど俺だって付き合いあるんだよ。それにお前が連絡したのは河原木の件だろうが？　ぷりちゃん、ドリメちゃんの件で知ってること1分以内に話せや」

半泣きになったルカの肩は小刻みに震えている。なぜか河原木も震えている。観念したルカが絞り出すような声で言った。

「その2人なら、未成年可の地方の出稼ぎ風俗を紹介しました。2週間くらい前です。こっちに戻ってきたら連絡来るのでまだ働いてるはずです」

決定的な証言だ。だが純ちゃんは追及の手を緩めない。

「疑わしいね。じゃあよ、こいつら一向に連絡取れないのはなんでだよ？　まさか死んでねえだろうな。トー横まわりで飛び降りた女いるだろうが。あれ、お前関わってるだろ」

「あれはクスリのODですって。連絡取れないのはその風俗店に通信機器が持ち込めないからですよ。スマホ没収されるから」

「本当かなあ。顔が嘘っぽいんだよなあ」

ボスン。

今度はボディーを叩き込んだ。ルカの体が2つに折れる。

「……どうすれば信じてもらえるんですか？　店に電話して本人出させればいいですか？」

「さっさとやれや。今すぐかけろ」

「唐仁組の方や木村さんには内緒にしてくださいね……」

渋々ルカが電話をかけると、朝方にもかかわらず未成年風俗とやらの店長が出た。

「すみません、こんな時間に。ちょっと急用で。ぷりちゃんかドリメちゃんと話したいんですが、つないでもらえませんか？」

ここからの話は早かった。ぷりちゃんは店舗が管理する寮にいたらしく、すぐに折り返しの電話があった。

「やほー。ルカくんのおかげでだいぶお金貯まってきたよ。あと2か月くらいしたら全額返せると思うから頑張るね。オヤスミ～」

ぷりちゃんの呂律《ろれつ》は回っていなかった。デパスかなんかをボリボリかじってるんだろうな。

救えねえガキもいるもんだよ。思春期とはいえ脳みそが溶けちまってやがる。

こんなガキの頃から進んで腰から下での商売なんて覚えちまうと、あとが大変そうだな。

「よう、僕。金貸しまでやってるとはたいそうな悪党だな。ロクな死に方しないぜ？」

さすがの純ちゃんも呆れ顔だが、これでいい。少女たちの居場所を突き止めてほしいというクライアントの依頼は達成だ。

「パピーパパってやつには『探していた子は地方へ出稼ぎ行って元気に体売ってましたよ』って報告すれば終わりだな。店の名前もわかったし。そう言えば純ちゃんも問題なしだろ？」

「まあそれはそうなんだけど……この場面はどうするの？」

窓の外に顎をクイッと向けた。下に集まってる唐仁組の面々の中には山上さんの姿も見える。仕方ない。ここは俺から電話をかけて話を閉じるか。

「山上さん。調べていた件はわかったんでルカくんは今から返します。客のハゲのガラはこっちでいいですか？　結構なことされてる女いるんで」

「リーくん、それぐらい遊ばせたってよ。ハゲでもポン中でもうちの上客なんだから。そいつも帰してあげて。こっちはこれまで通り、リーくんとはいい付き合いしたいしね」

「わかりました。山上さんと構えていいことなんてひとつもないし、引きますよ。けど、こんなの隠す必要ありましたか?」

「何度も言わせるなや。知らんでいいことを知ったせいで街から消えた人間どれだけおるか、リーくんもわかるだろ。俺が黙ってたのは愛情。愛情だと思っときな」


多勢に無勢のここは素直に従っておく場面か。ささやかな抵抗として俺は河原木を小突き、財布を奪った。所持金は3万円しかなかったが、シャブでフリーズしているミクのポーチに取り上げた金を詰め込んだ。

「ようポン中。次ここらへんで見かけたらノールックで耳引きちぎるぞ?」

しっかりと河原木に釘を刺してから、2人を解放した。


窓の外を眺めていると、ぽつぽつと雨が降り始めた。

この時期の雨は、どうも俺を憂鬱な気分にさせやがる。遠くからやってきて、ずけずけと記憶の扉を開いていくからだ。会えなくなっちまったあいつのことを思い出して、あの時の自分の行動次第では違う未来があったんじゃねえか――なんてどうにもならないことを考えちまうのも、肌寒くなった気温の割にはやけに生暖かいこの雨のせいだろう。

でも、どうしても雨が嫌いにはなれない。悲しい記憶ばかり思い出して、楽しかった雨の日の思い出なんか、そうはないはずなのに。

唐仁組の面々が引き上げていく姿が目に入った。山上さんも踵を返して立ち去ろうとする。その刹那、山上さんに肩を叩かれた男がいた。どこかで見たことがある。

半身しか見えなかったが、特徴的なフォルムに見覚えがあった。

流れ解散していく唐仁組の組員らと逆方向に――男はこちらを向いてゆっくりと歩いてくる。

目が合ったような気がした。同時に脳みその奥にしまいこんでいた俺の記憶が溢れ出す。

「木村だ……」

気づいた時には体が勝手に走り出していた。

まだ駆け出しのジャリだった頃、大切なものを失くしたあの日。

走馬灯なんかじゃない、ＬＳＤの曲がり初めに見る世界が溶けていくような感覚とともに過去の記憶が流れ込んでくる。

「おい、どうしたんだよリーくん！　リーくん！」

やつを追ってホテルの下まで来た俺。頭上から純ちゃんの声が響く。

あいつが、この街に戻ってきた。

Z李
座右の銘は「給我一個機会，讓我再一次証明自己」。経歴不詳、表と裏の境界線上にいるインフルエンサー。Twitterのフォロワー約75万人超。週刊SPA!にて同名小説を連載中。

飛鳥クリニックは今日も雨 上

発行日　2023年3月20日　初版第1刷発行

著　者　Z李
発行者　小池英彦
発行所　株式会社 扶桑社
〒105-8070
東京都港区芝浦1-1-1　浜松町ビルディング
電話　03-6368-8875（編集）
03-6368-8891（郵便室）
www.fusosha.co.jp

装　丁　小口翔平＋畑中茜（tobufune）
カバーコラージュ　Q-TA
撮　影　グレート・ザ・歌舞伎町
DTP制作　株式会社Office SASAI
印刷・製本　図書印刷株式会社
編　集　浜田盛太郎

　ISBN 978-4-594-09442-3